70

纪念中国人民抗日战争
暨世界反法西斯战争胜利
70 周年诗选

THE SOUND
OF THE WORLD

世界声音

70

# 纪念中国人民抗日战争暨世界反法西斯战争胜利70周年诗选

主编：曾凡华 程步涛

图书在版编目（CIP）数据
世界声音：纪念中国人民抗日战争暨世界反法西斯战争胜利 70 周年诗选 / 曾凡华，程步涛主编. ——北京：线装书局，2015.8
ISBN 978-7-5120-1903-4
Ⅰ.①世 Ⅱ.①曾 ②程 Ⅲ.①诗集－世界－现代 Ⅳ.①I12
中国版本图书馆 CIP 数据核字（2015）第 187566 号

书　　名　**世界声音**
　　　　　纪念中国人民抗日战争暨世界反法西斯战争胜利70周年诗选
编　　者　中国诗歌学会　线装书局
主　　编　曾凡华　程步涛
策划监制　曾凡华　李鞍明
特约编辑　周所同
责任编辑　张妍文　曹胜利
书籍设计　晓笛设计工作室　舒刚卫
出版发行　线装书局
社　　址　北京市西城区鼓楼西大街41号
邮　　编　100009
电　　话　（010）64045283（发行部）　64045583（总编室）
经　　销　新华书店
印　　刷　北京中科印刷有限公司
开　　本　710mm×1000mm　1/16
字　　数　357千字
印　　张　28.75
印　　数　0001－3000册
版　　次　2015年8月第1版
印　　次　2015年8月第1版第1次印刷
书　　号　ISBN 978-7-5120-1903-4
定　　价　56.00元

# THE SOUND OF THE WORLD

## 世界声音

70

纪念中国人民抗日战争
暨世界反法西斯战争胜利
70 周年诗选

主编：曾凡华 程步涛

线装書局

日军轰炸上海火车站，
哭泣的中国幼孩（局部）
王小亭 摄

# 胜利纪念日里的“声音”

## 《世界声音》序

李 瑛

一些话题，对20世纪八九十年代出生的人来说，是遥远抽象的，比如战争，比如第二次世界大战。70年前，全世界的正义力量摧毁了以德、意、日为代表的法西斯恶势力。侵略带来了奴役，战争造成了毁灭，胜利制止了灾难。我成长于那样的年代，亲眼目睹和感受了日本帝国主义的侵略，给中华大地、中国人民带来的物质和精神上的巨大创伤。但是，我并不想把“受降日”想象成仅仅是胜利者的“举杯庆祝”。我们有许多问题要思考，有许多事情要去做。

岁月如梭,转眼间少年乌丝变白发。1944年我17岁的时候，写下了一首诗《在马房里》，“仍然是无国的奴隶 / 被人驱赶在贫瘠的山野”，“夜里的马嘶是惊人梦的 / 我梦见我横枪跃马而去了”。人的记忆会随着岁月淡化甚至遗忘，但有些记忆不会。夜间，闭上双眼，山河入梦，侵略者的铁蹄践踏着我的祖国的田野，无数鲜活的生命悬在一根随时有可能扯断的线上，那是腥风血雨……终于意识到，纵使用一生的时间我也不能将其遗忘，战争的伤痕已经深深地刻在了我的心头，刻在我们民族的躯体上，镶嵌进了中国人的集体意识中，随时唤起深藏于心中的痛楚与振奋。

我们的民族是热爱和平的民族。正如我们的先哲老子所说："兵者，不祥之器，非君子之器，不得已而用之，恬淡为上。"但当凶残的敌人把侵略战争强加在我们头上的"不得已"的时候，我们全民族便会义无反顾地奔向战场。世界上没有为战争而战争的战争。我们前仆后继地开赴火线，抛头颅，洒热血，是为了捍卫某一种东西，一种比单纯的胜负、生死更为重要、更为神圣、更为宝贵的东西。

八年艰苦卓绝的全国抗战，以中国人民的胜利宣告结束；第二次世界大战，天平最终倾向正义的一方。1945年，人类历史翻开了新的篇章。正义的战争给世界带来和平，给人类带来希望。在过去的70年里，我们以十年为节点，用一种庄严的方式回首和缅怀。纪念历史是为了不忘历史、总结历史，只有把和平的道路踏实了，我们才能真正地告别战争，放心大胆地往前走。

尽管战争扼杀生命，使无数家庭支离破碎，但战争的字典里并非只有邪恶，战争考验一个民族，也考验着人性，它可以击碎一切，涤荡一切污泥浊水，重塑世界。

战争与诗歌，距离很远，却又很近。因为诗歌取材于生活而高于生活，是对生活的高度浓缩，是对人的生死和人类精神世界的最高阐释。参与和见证过这场战争的人们留下了大量的关于战争的火热诗篇，她们或恢弘悲壮或细腻哀婉，无一不是发自肺腑，撼人心魄。

所以，听说中国诗歌学会与线装书局联手，要共同编辑出版纪念中国人民抗日战争暨世界反法西斯战争胜利70周年的诗集，并且给她取名叫《世界声音》，这样一部有深度、有温度、有痛感的大书，我作为一名老战士、老诗人，自是惊喜之极，真是应该感谢学会、出版单位和编辑她的朋友。

我看到了编辑的诗稿，收在这里的作品表现地域范围之广，涵盖亚洲、欧洲、非洲、美洲、大洋洲；时间跨度之长，从战争爆发到大战结束，及至进入21世纪，期间发表的所有相关诗作都在遴选范围内；表现内容之宽，包括歌颂正义、鞭挞侵略，既反映战争进程，又体现民众心声，还有对历史的反思，对未来的展望；表现形式也是多样的，有独具中华传统文化风格的中国古体、近体格律诗，有汲取西方文化营养而产生的中国当代新诗，还有起源于域外的自由诗。在表现中国抗战方面，诗集从筛选数量和编辑力度上重点给予倾斜，表现全民抗战，反思历史，正面战场、敌后战场、军人平民，解放区、国统区、沦陷区，各个方面都有反映。读着她们，我又回到了那狂风暴雨的悲壮年代，冷泪热血，炮火硝烟，又有痛苦，又有狂欢。

这是真正的“世界声音”：正义无敌！和平无价！大爱无疆！她们以崇高的感情和美的语言，让我们听到了席卷全世界的怒涛般的人民正义之声，正视历史，反对侵略，让文明、和谐的大爱精神重树永久的世界和平！

编委会的同志让我为《世界声音》的出版写几句话，便写下这些，也权作为我在纪念胜利日子里发出的一点个人的“声音”。

二〇一五年五月二十八日

# 目录

CONTENTS

## 第 1 辑　外国自由诗

## 第2辑 中国自由诗

### 中国自由诗(一)

## 中国自由诗（二）

## 第 3 辑　中国格律诗

THE SOUND
OF THE WORLD

世界声音

70

纪念中国人民抗日战争
暨世界反法西斯战争胜利
70周年诗选

# 第1辑

## 外国自由诗

此辑收57位外国诗人的74首作品

诗人遍布欧洲、亚洲、美洲、非洲、大洋洲

分别来自苏联、英国、法国、德国、奥地利、保加利亚、捷克、

希腊、意大利、波兰、瑞士、瑞典、以色列、日本、墨西哥、美国、

阿尔及利亚、塞内加尔、新西兰等国

# 死亡赋格曲（外一首）

[德国] 保尔·策兰　王家新 译

保尔·策兰（1920–1970）当代德国诗人，纳粹血腥统治下九死一生的幸存者，法西斯的暴行在他心灵上造成了无法弥补的创伤。《死亡赋格曲》作于1945年。

清晨的黑色牛奶我们傍晚喝
我们在正午喝早上喝我们在夜里喝
我们喝呀我们喝
我们在空中掘一个坟墓躺在那里不拥挤
住在那屋里的男人他玩着蛇他写
他写道当黄昏降临到德国你的金色头发呀玛格丽特
他写着步出门外而群星照耀着他
他打着呼哨唤出他的狼狗
他打着呼哨唤出他的犹太人在地上让他们掘个坟墓
他命令我们开始表演跳舞

清晨的黑色牛奶我们夜里喝
我们早上喝正午喝我们在傍晚喝
我们喝呀我们喝
住在那屋里的男人他玩着蛇他写
他写道当黄昏降临到德国你的金色头发呀玛格丽特
你的灰色头发呀苏拉米斯我们在风中掘个坟墓躺在那里不拥挤

他叫道朝地里更深地挖呀你们这些人你们另一些唱呀表演呀

他抓起腰带上的枪他挥舞着它他的眼睛是蓝色的
更深地挖呀你们这些人用你们的铁锹
你们另一些继续给我跳舞

清晨的黑色的牛奶我们夜里喝
我们正午喝早上喝我们在傍晚喝
我们喝呀我们喝
住在那屋里的男人你的金色头发呀玛格丽特
你的灰色头发呀苏拉米斯他玩着蛇

他叫道把死亡演奏得更甜蜜些死亡是从德国来的大师
他叫道更低沉一些拉你们的琴然后你们就会化为烟雾升向空中
然后在云彩里你们就有一个坟墓躺在那里不拥挤

清晨的黑色牛奶我们夜里喝
我们在正午喝死亡是从德国来的大师
我们在傍晚喝我们在早上喝我们喝你
死亡是一位从德国来的大师他的眼睛是蓝色的
他用子弹射得很准
住在那屋里的人你的金色头发呀玛格丽特
他派出他的狼狗扑向我们他赠给我们一个空中的坟墓
他玩着蛇做着美梦死亡是一位从德国来的大师

你的金色头发玛格丽特
你的灰色头发苏拉米斯

# 数数扁桃[1]

钱春绮 译

数数扁桃，
数数过去的苦和使你难忘的一切，
把我数进去：

当你睁开眼睛而无人看你时，我曾寻觅你的目光，
我曾编过那秘密的线，
你的思索之露
向坛子里滴下去的线，
那些坛子，有一句不能打动任何人的心的箴言护住它们。

在那里你才以你自己的名义走路，
你迈着坚定的步子走向自己，
在你沉默的钟楼里钟舌自由摆动，
窥伺者就向你撞来，
死者也用手臂搂住你，
你们三个就一起在暮色中行走。

让我感到苦吧。
把我数进扁桃里去。

---

① 扁桃即巴旦杏，味苦者称苦扁桃或苦巴旦杏。此处的象征意义犹如我国的黄连。

# 暴力

[奥地利] 艾利希·傅立特　马文韬 译

---

艾利希·傅立特（1921–1988）出生于维也纳一个犹太人家庭，父亲遭盖世太保杀害。1938 年，17 岁的傅立特流亡英国，之后一直生活在伦敦。

暴力不是开始于
一个人卡住另一人的脖子
它开始于当一个人说：
“我爱你，
你属于我！”

暴力不是开始于
将病人杀死
它开始于当一个人说：
“你病了，
你得按我说的做”

暴力开始于
当父母亲
控制他们驯服的孩子
当教皇、老师和家长
发出自我克制的要求

暴力存在于

当国家说：

“不允许为抵抗暴力

再诉诸暴力

而我运用的暴力除外”

暴力统治出现在

如果某人或某事

被举得太高或被奉为神圣

以至于不能批评

或者批评不可以实际操作

而只能坐而论道

但是神圣者或高贵者

却可以不仅说而更可以做

暴力统治出现在

有如此规定的地方：

“你可以使用暴力”

但常常也出现在

有如此规定的地方：

“你不许使用暴力”

暴力统治出现在

将敌对者关押起来的地方

并且诬蔑他们

煽动和制造暴力

暴力的基本法则是：

“我们所做的

就是对的

其他人所做的

则是暴力”

也许永远也无法

用暴力征服暴力

但或许也不总是

永远不使用暴力

# 孩子的梦

[阿尔及利亚] 冈都尔·姆·哈姆萨特　汪剑钊 译

---

冈都尔·姆·哈姆萨特（1933- ）阿尔及利亚法语诗人，生于苏拉尔—柯兹拉涅。

孩子坐在天边的大门旁，
孩子等待他的父亲。
他等待着——不知是梦幻还是现实。
他的两腮上留有泪痕，
而周围——杳无人烟。
空寂。

一个孤独者在自己的国度里，
孩子等待着。
数点着星星，
计算着地平线，
看到：千百个太阳滚落——
蓝色的路面铺满了砍下的头颅。
砍下的头颅，像千百个太阳，
像茂密的树丛透出尖锐的光线，
割出一条通往明天的光明道路。
为了孩子们，
它们寻找着父亲。

# 有这样一个字眼

[保加利亚]尼古拉·瓦普察洛夫　冯春 译

---

尼古拉·瓦普察洛夫（1909–1942）保加利亚诗人。

有这样一个字眼：它甚至能打穿
用真诚的钢甲武装的碉堡，
这是些发出恶臭的毒汁，
它从毒蛇的嘴里流出。

有这样一个卑污的字眼，叫作“叛徒”，
听到它我不禁全身发抖，
就像挨了两下耳光，
鲜血涌上我的脸部。

有这样一个字眼，仿佛毒蛇和蚰蜒，
我不想用我的笔把它写出。
我要自由地呼吸的
不是臭气，而是生命，因为我年轻、纯朴。
假如你做了多年的囚徒，
头脑里就会隆隆地轰响，像飞泻的瀑布……
仿佛有人突然对你说：
“自由！”

看吧：就像眼前
出现了一片清新的原野！对啊，就是它！
犹如魔法把人吸引，
它响亮地高喊着：“自由！自由！”
在辽阔的田野上你挥动着镰刀，
它闪闪发光，发出沙沙的响声，
微风吹拂着你的头发，
就是这个字眼啊！它就是美，对不？

# 战后的母亲们
## ——致雅罗斯拉夫·塞弗尔特

[捷克] 弗拉迪米尔·霍朗　杨乐云 译

弗拉迪米尔·霍朗（1905-1980）捷克诗人，捷克现代诗歌著名的代表人之一。

她们无数人匍匐在上帝面前。
她们无数人咒骂连天。
她们无数人永不宽恕。
她们无数人从厄运中获了益，
尽管那番景象她们未曾
目击……她们无数人
精神失了常……然而
绝无一人
重新走进自己的生活……

那位喂鸽子的就是其中之一，
她撒着麦粒儿，一边固执地对你说：
“我知道，我的儿子
早已死了，可是
我给他写信他总也不回答……”

# 你，战争！（外一首）

[捷克] 雅罗斯拉夫·赛弗尔特（叶尔湉 译）

雅罗斯拉夫·赛弗尔特（1901–1986） 捷克诗人。第二次世界大战期间，积极投身抵抗运动，写出了一批揭露法西斯的残暴、歌颂人民为争取解放而进行斗争的诗篇。1984年，以“他的诗富有独创性、新颖、栩栩如生，表现了人的不屈不挠精神和多才多艺的渴求解放的形象”获诺贝尔文学奖。

宁静的流水
仍然在秋日的小河中歌唱，
歌声仍然像古里斯琴一样清越。
可是这歌声能否久长？

战争呀，我们仍然在追求爱情和春光，
仍然漫步在洁净的田野上，
把你破碎了的可怖的战袍踩在脚下。
可是我们的追求能否久长？

路边，一辆辆坦克仍然在用它们
没有了脑髓的钢铁的颅骨吓唬着行人，
它，比黑夜还要黑的战争，
仍然在用它的发源地威胁着世人。

母亲喜悦地铺开襁褓，
坚信必有光明的来朝。

去吻她的手吧，但首先
吻哪一只手，哪一只？
先吻那只轻轻地挤着乳头的手，
还是那只抱着婴儿的手？
爱情和忠贞不是在这里
又能上哪里去追求？

嗬，这可真是催人泪下——
母亲的需求是那样的少，
只要在荆棘丛生中种上少许庄稼，
她们就心满意足！

她们只求一点儿宁静、温暖和五月的春光，
要知道摇篮的吱嘎声和朴素的催眠曲，
还有那蜜蜂和蜂房
远远胜过刺刀和枪弹。

不管你怎样威吓我们，
妻子、小鸟和儿童绝不会听你蹂躏！
啊，战争，但愿你华美的盔甲，
永远布满铁锈的斑痕！

# 第十一个春天

星灿　劳白 译

凌晨，如同细嫩皮肤上
被利箭射中的伤口，
蓓蕾朵朵开放。
四处争先吐艳。
战后的
第十一个春天来到。
娇嫩鲜花的乐器演奏的第十一次音乐会。
草地上摊着孩子的小鼓、
马刀和手枪。

在蓝色和玫瑰色之间，
有气球、阳伞和星星的颜色，
还有襁褓带子的颜色，蓝的和玫瑰色的，
啊，谁在回忆——
人们用它们将孩子的小手捆在小被子里，
好让他们那希望的指甲别抓疼妈妈的乳房，
这因爱情而疲惫的乳房。
士兵们在温暖着自己的假肢，
他们什么别的也不曾剩下。
这是人工的花朵，
用痛苦、钢筋和木料制成。

怏怏追上那孩子，他的球儿掉了，
草地禁止践踏。
亲吻一下这小姑娘吧，她刚十二岁。
或稍大一点儿，
马尔凯特卡，别眼红，十二岁不许接吻。

万岁，我想亲吻的一切！
可我不会。
长着美丽的双手的一切万岁！
有着美丽的影子的一切万岁！
这影子比对于重炮烽火的回忆
更寂静。

# 自由

[法国] 保尔·艾吕雅　罗大冈 译

保尔·艾吕雅（1895–1952）生于巴黎，第二次世界大战期间，艾吕雅参加了法共领导的“抵抗运动”，1942年正式加入法国共产党，战后荣获“抵抗运动勋章”，先后参加洛克劳和墨西哥的和平会议。他的诗经历了“从个人的地平线到大众的地平线”的历程。

在我的练习本上，
在我的书桌上，树木上，
沙上，雪上，
我写你的名字。

在所有念过的篇页上，
在所有洁白的篇页上，
在石头、鲜血、白纸或焦灰上，
我写你的名字。

在涂金的画像上，
在战士们的武器上，
在君主们的王冠上，
我写你的名字。

在丛林上，沙漠上，
鸟巢上，花枝上，

在我童年的回音上，
我写你的名字。

在黑夜的奇妙事物上，
在白天的洁白面包上，
在和谐配合的四季里，
我写你的名字。

在我所见的几片蓝天上，
在阳光照着的发霉的水池上，
在月光照着的活泼的湖面上，
我写你的名字。

在田野间，在地平线上，
在飞鸟的羽翼上，
在旋转的黑影上，
我写你的名字。

在黎明的阵阵气息上，
在大海，在船舶上，
在狂风暴雨的山上，
我写你的名字。

在云的泡沫上，
在雷雨的汗水上，
在浓厚而乏味的雨点上，

我写你的名字。

在闪闪烁烁的各种形体上，
在各种颜色的钟上，
在物质的真理上，
我写你的名字。

在活泼的羊肠小道上，
在伸展到远方的大路上，
在群众拥挤的广场上，
我写你的名字。

在光亮的灯上，
在熄灭的灯上，
在我的集合起来的房屋上，
我写你的名字。

在我的房间和镜子中所照的房间
形成的对切开的两半果子上，
在空贝壳似的我的床上，
我写你的名字。

在我那只温和而馋嘴的狗身上，
在它的竖立的耳朵上，
在它的拙笨的爪子上，
我写你的名字。

在跳板似的我的门上，
在家常的器物上，
在受人欢迎的熊熊的火上，
我写你的名字。

在所有的得到允许的肉体上，
在我朋友们的前额上，
在每只伸出来的友谊之手上，
我写你的名字。

在充满惊奇的眼睛上，
在小心翼翼的嘴唇上，
冲破了周围的沉寂，
我写你的名字。

在我的被摧毁了的隐身处，
在我的倒塌了的灯塔上，
我的无聊厌倦的墙上，
我写你的名字。

在毫无欲望的别离中，
毫无掩盖的寂寞中，
在死亡的台阶上，
我写你的名字。

在重新恢复的健康上，

在已经消除的危险上，
在没有记忆的希望上，
我写你的名字。

由于一个字的力量，
我重新开始生活；
我活在世上是为了认识你，
为了叫你的名字：
自由。

# 1940 年的查理二世（外一首）

[法国] 路易 · 阿拉贡　罗洛 译

路易 · 阿拉贡（1897–1982）活跃在法国文坛半个多世纪的诗人，第二次世界大战中，阿拉贡曾上前线，被俘后逃出与艾尔莎回到法国南部参加抵抗运动。20 世纪 50 年代后，任法共机关报《人道报》编辑和《法兰西文学报》社长，获列宁和平奖。

我的国家像一只小船
被它的纤夫遗弃
而我和那国王一般
比不幸更不幸的
他仍是他悲伤的王

生活只是一场诡计
风不知道怎样把眼泪擦净
我必须憎恨一切我爱着的
把我不再有的东西给他们
我仍是我悲伤的王

心的跳动可以停止
血可以冷冷地流动
让二加二不再等于四
在窃贼的“鸽子飞”游戏中
我仍是我悲伤的王

无论太阳再生或者死去

天空已失去了色彩斑斓

我年轻时代的温柔的巴黎

再见了花市堤岸的春天

我仍是我悲伤的王

消失吧树林和春日

沉默吧爱吵架的鸟啊

你的歌被送去隔离

那是捕鸟者统治的王国

我仍是我悲伤的王

这是受苦的时代

当圣女贞德来到沃库拉赫

啊法兰西被斫成了碎块

白昼是这样的苍白

我仍是我悲伤的王

# 自由区

罗大冈 译

愁绪中断，一切都忘记，
肠断的声音愈来愈低，
灰烬使炭火变成苍白。
我在美梦中度过了八月。
住在高赖兹粉红的庄院里，
夏天像美酒一样的甜蜜。

那是谁呀，突然间在园里
发出这一声沉重的呜咽？
微风中谁在喃喃地责备人？
啊，别过早地把我吵醒！
让我听一回美妙的歌声
使失望情绪不再发生。

一时之间，我仿佛听见，
恰好在那麦田中间，
隐约有武器撞击的声音，
什么事使我深深地伤心？
无论石竹花，无论迷迭香
都不曾保留眼泪的芬芳。

在我的苦恼中，那黑暗的隐秘，
我把它失掉了，说不出道理。
轮到了阴影也分崩离析，
我正在没完没了地寻觅，
那没有留下记忆的痛苦，
九月的黎明出现在天空。

我的爱，那时我正在你怀中，
外边有人低声歌咏——
低声哼一支古老的法国歌，
我终于认识了自己的痛苦。
歌中的复句像光赤的脚，
在碧波似的寂静中搅扰。

# 伦敦颂

[法国]菲利普·苏波　叶汝琏 译

菲利普·苏波（1897–1990）　超现实主义诗歌创始人之一。苏波经历了两次世界大战。苏波一直关注和参与他所处的那个时代所发生的一切变革。

这夜伦敦第一百次的空袭
这是黑夜，残暴、愤怒的黑夜
黑夜满怀不断生息的焦虑
首批的轰隆声已经落在远处
也已看到始发的火光和信号
来的似乎是混乱、震撼与恐怖
沉默的人们在窥探熟悉的杂噪
在等待死寂化为盛大的节日
来临的一片微光虔诚而崇高
黑夜催生的新世界一抹晨曦

我们哑然满口塞了泥和废物
我们还能谛听犹在企盼
我们猜到这一层我们清楚
这夜的伦敦第一百次的空袭
升起了人的洪声盼到的呼唤
这里是伦敦，伦敦说伦敦呼号
我们静默宛如静听心跳
一下全沉静随之是恐怖死寂

时间一秒一小时般的失掉
人陡然察看黑夜幢影距离
别去相信别人怎样的喊叫
伦敦今夜第一百次的空袭
死人的一片默默无言的焚烧
我们在等他们他们在呼号
只见一片毁了的电塔和断线
只见这个时间空间的窟窿眼

这里是伦敦伦敦说伦敦呼喊
这就是首都再度岿然于天边
它是唯一屹立于世界中心点
就是这座城压倒了这片喧嚣
战火和英勇至上的烈火所照耀
伦敦伦敦伦敦一如往常
今夜伦敦第一百次的空袭

你呵，你发言，你呵，你在呼号
你却站在血泪中，烽火硝烟里
为了我们的解放在发号召
你在战斗好教我们战到底
这里是伦敦伦敦在发话在号召
反暴虐而战，擎起血染的战旗
你们懂这意思？
我们松口气我们听懂了意思

伦敦受到一百次的空袭
丝毫没有丧气你熬到午夜
当国会大钟楼与它的排钟
宣告此刻是午夜十二点钟
恰好到了焕发英勇的时间
墨尔本在听，在听的城市还有
渥太华好望角奥克兰
全世界各京城法兰西乡间
与巴黎

# 1941年10月[①]（外一首）

[法国]彼埃尔·塞盖斯　志平　译

---

彼埃尔·塞盖斯（1906–1987）法国诗人和出版家，出生于贫寒家庭。《1941年10月》在法兰西解放纪念会上由演员雅克·达克明朗诵，受到热烈欢迎。

十月，当在腥风血雨中收完葡萄，
寒风吹起落叶一柱柱，
只见满天硝烟，战火纷飞
带来对无辜者们的杀戮。

在白茫茫的冬天，人间的积雪上
洒下鲜红的血迹，愤怒在增进，
厄斯塔什·德·圣彼埃尔[②]交出城门的钥匙，
死神夺走五十个孩子的生命。

五十个曾在棚铺里在平原上歌唱的人，
五十个从未做过坏事的人，他们是祖国的儿郎，
五十个在仇恨的眼睛中目光最正直的人，
纷纷倒在了地上。

另外五十个也是这样，我们的卢瓦尔血流成河，
波尔多在哭泣，法兰西巍然挺立，痛苦悲哀，
天空是青的，遍体弹孔的孩子们不断高歌，
正义之神将他们接待。

他们将穿着火红的衣服复活在我们的学校，
他们从自己孩子们的怀里被人夺抢，
通过战争、流亡和不合调的语言，他们会听到
别的孩子们把他们的英名颂扬。

尽管从被杀者的鲜血中诞生的绿色的十月，
在戴着铁面罩的贞德旁边，
见到一百个身子折断气绝，
但他们最终将在这片髑髅地再生重现。

---

① 1941 年 11 月，诗人听闻在法国各地有一些人质被纳粹枪杀，怀着悲愤的心情写下这首诗。

② 厄斯塔什・德・圣彼埃尔（1237–1371）：加莱六市民代表团的领袖，为挽救他们的城市而去给英王爱德华三世当人质。

# 1944 年 8 月 25 日[①]

## （巴黎的解放）

镌刻在大理石内的美丽孩子们，
矗立在你们的都城，
美丽孩子们生活在活着的人中间，
眼睛呈现灰色如同飞尘。

石质的美丽孩子们经受雨打风吹，
位于圣塞巴斯蒂安·德·拉西泰，
那年夏天你们倚在墙上弹痕累累，
为了使真理长存不衰。

你们并未倒地咽气，
你们流下的血也没有冻结，
在我们的路面上，这血早就与
烧焦的人们的骨灰混合凝结。

街上的不知名姓的人们，
马路上无名的男孩，
这条街该有成百个名字，

---

① 作者原注：在巴黎协和广场和里沃利街的拐角处，有一批大理石镌刻着一系列名字。当年纳粹曾占据克里荣旅馆和海军部，向法国内地军射击。

你们用过去装饰了未来。

生活啊，世界在望着你们，
你们出奇地同一些事物相像，
像一些情侣，像一些发怔的人，
倾听着最后审判的喇叭响。

面貌不可捉摸的见证人，
和我们每个人那么相似，
众多的小伙子永远挺立，
为了战斗，在 8 月 25 日……

# 战场

[法国] 伊夫·博纳富瓦　罗洛 译

伊夫·博纳富瓦（1923– ）　法国当代诗人。他的诗受莫里斯·塞夫（16世纪法国诗人）和后期象征派诗人瓦雷里的影响较大。

一

这是被打败了的悲哀骑士。
在他守卫着泉水的时候，我开始
醒来，而这是穿过优雅的树丛
和在水声的闹嚷中，持续的梦。

他沉默着。他的脸是我在所有的
泉水中或悬崖上寻觅过的，死去的兄弟。
一张战败了的黑夜的脸，在那个
被撕裂了的肩膀的黎明上斜倚着。

他沉默着。在战斗结束时，他能说什么，
说谁被这令人信服的言辞打败了啊？
他把裸露的脸转向大地，而死了的
是他那孤独的喊叫，发自真正的安息。

二

但是他在更深的泉水上哭泣，
像死神的天竺牡丹一样开放
在那十一月的泥污的水的空地，
而那水向我们诉说死的世界的吵嚷？

我仿佛，斜靠在今天的执拗的黎明上，
这是我的债务和我所夺回来的。
我仿佛听见啜泣，为那永远存在永不殡葬
我那神秘的恶魔而啜泣。

啊，你将重新出现，我的力量的海滨！
但是让它存在，别管那指引我的今天。
阴影啊，你不再存在。而如果阴影再生，
它将是在夜里——在整个的夜晚。

# 一个德国兵的梦

[德国] 埃里希·魏纳特　钱春绮 译

埃里希·魏纳特（1890–1953）　德国诗人。《一个德国兵的梦》于 1941 年写于莫斯科，作为传单投向侵入苏境的德国。诗中以德军士兵做梦的形式，号召德军省悟，弃暗投明。

我做了一个非常可怕的梦：
我倒下了，死了。可是我自己
觉得被扔进一间潮湿的房间；
在我身体上滚过其他的尸体。

潮湿的泥土落到我的脸上。
然后是死一般沉寂。可是我清楚：
我的肉体死了，思想并没死；
一切发生的事，都历历在目。

我躺着想着，不知道过了多久。
我听到上方有许多脚步声响，
还有孩子的声音，快活的歌唱。
啊，人世，但愿让我再看它一次！

我听到一个声音：孩子们，瞧瞧，
从前，法西斯分子就埋在这里，
这些罪犯，进行过破坏和抢劫，
在土地里撒播下血的种子！

这时，我的脸上觉得滚烫。
我要从肺里面迸出叫声。
我要叫喊：请听！不是我干的！
不能怪我：我是被迫的人！

我吓得醒了过来。在晨光之中
我看到他们从那边战壕里招手。
我于是逃脱狗一般的死亡，
奔向那边，去过正直的生活。

# 三人叙事歌

[德国] 约翰内斯·贝希尔　钱春绮 译

---

约翰内斯·贝希尔（1891–1958）　德国现代诗人，1917 年加入德国独立社会党，次年参加斯巴达克同盟，并成为德国共产党党员。希特勒上台后，诗人被迫流亡，后去莫斯科，曾任《国际文学》杂志主编，并参加反法西斯流亡文学的领导工作。

军官叫道："埋掉这个犹太人！"
俄国人却倔强地说道："不行！"

他们把他押送到一处墓坑。
犹太人却倔强地望望："不行！"

军官叫道："一起埋掉这两人！"
一个德国人出来说道："不行！"

军官叫道："把他也算进那两人！
一起埋掉他！他也想做德国人！"

于是德国人也埋掉这个德国人……

# 将军，你那坦克是辆坚强的车子

[德国] 贝托尔特 · 布莱希特　张威廉 译

贝托尔特·布莱希特（1898−1956） 德国现代戏剧家、诗人。1926 年入柏林马克思主义工人学校，1933 年希特勒上台后流亡巴黎，同年来到丹麦，在一个农舍里住了 6 年，积极参与反法西斯斗争。

将军，你那坦克是辆坚强的车子。
它把整座树林推倒，把上百人压死。
可惜它有个缺点：
它需要一个司机。

将军，你那轰炸机十分坚强。
它快过风暴，载重胜过大象。
可惜它有个缺点：
它需要个装配匠。

将军，人是很有用场。
他能飞行，他能杀伤。
可惜他有个缺点：
他能思想。

# 七年又二十以后

[德国] 海因里希・伯尔　舒柱 译

---

海因里希・伯尔（1917– ） 出生在科隆一个雕刻匠家庭。早期作品主要取材于第二次世界大战，揭露和批判法西斯的战争罪行。1972 年，他因"对德国文学的复兴做出了贡献"获诺贝尔文学奖。

据茵格波洛・B①

给安娜玛丽・C②

七年又二十以后

最亲爱的

硬起你的心肠

奉上你的手掌

不要给任何人任何人

面包咖啡和牛奶

在德意志的国土上

在你的门槛下布上地雷

最亲爱的

不要放任何人进门

凡是不晓得暗语的人

即使我返回故乡

并且不晓得它

开枪射倒我

我有可能逃遁

而我的暗语也可能

是资本主义

七年又二十以后

心儿

在德国的家庭里

在门槛上

展开了

斯大林格勒大战

德国的双亲

抛出了德国的儿女

德国的夫妇

抛出了德国的夫妇

从德国的家庭里

二十七年

以后

姑娘

硬起心肠

忘却

你曾经饿过肚皮

忘却

你曾三百次

经历轰炸的恐惧
忘却
德国边防军的
军犬
曾经惊吓过你
忘却
你曾经是一个人

忘却
忘却
唯独不能忘记
自由的
民主的
基本秩序
来自“图片”[③]
为了“图片”

七年
又二十
以后
没有人再佩戴
黄星[④]
不过人人晓得
面前是谁人站立
在德国的家庭里
凶手出版法律

德国的乌鸦
把德国猫头鹰的
眼睛啄掉

七年又二十以后
最亲爱的
在你的门槛下布上地雷
硬起你的心肠
开枪向我射击
如果我归家来
而不晓得暗语
生活
从“图片”到“图片”
从“世界”到“世界”[5]
不必思索
忘却吧
你曾经是一个人

---

① 奥地利著名女作家、诗人。
② 作者妻子。
③ 联邦德国一家大报。
④ 希特勒政权强迫犹太人佩戴的标记。
⑤ 联邦德国的另一家大报。

# 最末一站

[希腊] 乔治·塞菲里斯　李野光 译

---

乔治·塞菲里斯（1900–1971）　希腊文学的杰出代表人物，1963 年获诺贝尔文学奖。

我喜爱过的月明之夜是很少的：
那些星辰的字母表——你把它们拼出，
尽你一天结束时浑身疲劳所容许的程度，
并且从它们引申出旁的意义和希望——
那时你能读得更清楚。
既然我闲坐在这儿，便暗自思量，
留在我记忆中的月亮是很少的：
一些岛，悲伤的圣母玛利亚，深夜的下弦月，
或者北方城市中的月光，
它有时将一种沉重的麻痹感
洒在扰攘的大街、河流和人们的四肢上。
昨天黄昏时还在这里，在我们的最末一个港口，
我们彻夜等待着回家的时刻，
它像一笔旧债：在守财奴的保险箱里
躺了多少年的金钱，
最后偿还的时刻到了，
于是你听见铜币撒落在桌子上；
在这个厄特鲁斯克村，在萨勒诺海背后，
在我们回家的港湾后面，
在一场秋天风暴的边沿，

月亮摆脱了乌云，
对面斜坡上的房子变成了搪瓷品：
月色可人地宁静[①]。
这是一连串思索，一种方式，
用以开始讲你自己不安地承认的东西，
在你无法克制的时候，
向一个秘密地逃出来
并从家乡和伙伴们那里带来音信的朋友，
这时你忙着敞开你的心扉，
当这位流亡者还来不及阻止你和改变自己。
我们来自阿拉伯、埃及、巴勒斯坦、叙利亚，
时常想起的还有康马吉尼
那个像盏小灯般熄灭了的小小国家，
以及那些生存了好几千年
然后变为放牧的草地
变成甘蔗园和麦田的大城市。
我们来自大漠的黄沙，来自普洛透斯[②]的海域，
为公然的罪恶所慑服的灵魂，
各自像笼中鸟坚守着岗位。
这个海湾中的多雨的秋季
影响了我们每个人的创伤，
或者你用不同的措辞：报应，命运，
或者干脆叫坏习惯，狡诈和欺诳，
甚或是想从别人鲜血中捞到好处的私心。
人在战争中容易磨损，
人是柔弱的，像一捆草，

嘴唇和手指渴望着一个雪白的酥胸，
眼睛在阳光中半闭着
双脚不管怎样也要行走，
只要有点蝇头小利在勾引，
人像草一般荏弱而贪婪，
像草一般无餍，他那神经像根须般伸展。
当收获的季节到来，
有的人高喊驱鬼，
有的人纠缠在财产中，另一些人发表讲演。
可是驱鬼、财产和演说有什么用，
在活人已远远离去的时刻？
难道人不就是这样？
难道这不就是生命赋予者？
一个种植的季候，一个收获的季候。
“同样的事一次又一次发生”，你会告诉我，朋友。
可是一个避难者的思想，一个囚徒的思想，
一个已经变成了商品的人的思想——
你要改变它吗？不能。
也许他宁愿当食人生番的国王，
将那无人购买的精力消耗于
在非洲百合花的田野中散步，
在竹林荫蔽下听咚咚的鼓声
伴着头戴巨大面具的朝臣们跳舞。
但是，那个像松树般被他们劈斫焚烧的国家——你看见它
或者是在黑暗的列车上，车上无水，门窗破碎，一夜复一夜，
或者是在那只肯定会沉没的正在燃烧的船上——

这个已经在心里生根，再也不会变更，
这个已经栽种了意象，好比那些树木，
它们在处女林中抛下枝丫
使自己能在土里扎根并重新生长，
它们撇下那再次萌蘖的枝条，一程又一程地大步前进；
我们的心就是殉难朋友们的处女林。
而且如果我是用童话和寓言的方式向你谈的，
那是因为这样才使你稍觉温和；
恐怖却很难说起，因为它是活的，
因为它还在不声不响地继续成长着：
伤害记忆的疼啊，
白天和梦里都在缓缓地流！③

要谈英雄们，要谈英雄们，且说密克尔，
他离开医院时伤口还没有愈合，
也许那时他正在叨念着那些英雄——那天晚上
他拖着他的脚穿过黑暗的都城——
那时他哀号着，抚摩着我们的疼痛：“我们在黑暗中前进
我们在黑暗中前进……”
英雄们在黑暗中继续前行。

我喜爱过的月明之夜是很少的。

---

① 此行系拉丁文，引自维吉尔的《埃涅阿斯纪》第 2 卷第 55 行。
② 希腊神话中一位变化无穷的海神。
③ 埃斯库罗斯的悲剧《阿伽门农》第 179–180 行，见《埃斯库罗斯诗剧集》第 48 页。

# 英雄挽歌

## ——献给在阿尔巴尼亚战役中牺牲的陆军少尉

[希腊] 奥迪塞乌斯·埃利蒂斯　李野光 译

奥迪塞乌斯·埃利蒂斯（1911－ ） 生于希腊克里特岛伊拉克利翁城的一个富裕家庭。1935 年开始发表作品。1979 年以“用感觉的力量和智慧的敏锐描写现代人为自由和创新而奋斗”获诺贝尔文学奖。

一

在太阳最早居留的地方
在时间像个处女的眼睛那样张开的地方
当大风吹得杏花如雪片般纷飞
当骑兵把草尖点燃之际

在一株豪迈的法国梧桐将枝叶轻轻敲响
一面军旗高高地向陆地与海洋招展的地方
那里从来没有人扛过枪
但是苍天的全部劳作
整个世界，像一颗露珠
在清晨，在山脚闪烁

此刻，仿佛上帝在叹息，一个阴影延长了

此刻痛苦弯下了身子，以骨瘦的手
将鲜花一朵朵摘下，毁掉
在早已没有流水的沟里

歌声因缺乏欢乐而死了
岛屿像一些头发冰凉的僧侣
在无声地切着荒野的面包

寒冬渗透到心里。某种不祥的意外
行将发生。山岳像匹马把鬃毛竖起来

兀鹰在上空分配苍天的面包屑

## 二

如今一股激情在浑浊的水中升起

风缠住树叶
呕吐它的遗骸
果实吐出它们的籽儿
泥土掩盖它的石块
恐惧在拼命挖地道，像只老田鼠
当一片母狼似的乌云，号叫着
从天空的林薮中闯出
给平原的皮肤上撒播一场抽搐的暴雨
然后大雪纷飞，无情的大雪纷飞着
然后它嗡嗡地奔入饥饿的山谷
然后迫使人们回答：
火或者刀斧

对于那些带着火或刀子出发了的人
邪恶将在此降服。十字架无须绝望
只要让紫罗兰祈祷，在离它很远的地方

三

对于那些人，黑夜是个更加残酷的白天
他们把钢铁熔化，把土地嚼碎
他们的上帝散发着硝烟和驴皮味

每一声霹雳都是驰骋天空的死亡
每一声霹雳都是一个笑对死亡的人
——让命运随意怎么说吧，让命运

突然枪没打响，精神沮丧
弹片就径直向太阳中飞射
望远镜，准星，迫击炮，都因恐怖而冻住了

那么容易，像狂风撕裂白布
那么容易，像结石刺透肺肝
钢盔滚落到左边……
根部只在土里震颤了片刻
然后烟散了，白昼便怯生生地
前来蛊惑这地狱般的淤泥。
可是黑夜升起来，像条被踩的毒蛇
死神在边缘停了些时候

然后用那苍白的爪子深深地抠

## 四

他躺倒在烧焦的斗篷上
让微风在寂静的头发间流连
一根无心的嫩枝搭着他的左耳
他像一所庭园，但鸟儿已突然飞走
他像一支歌曲在黑暗中钳口无言
他像一座天使的时钟刚刚停摆
当眼睫毛说着“孩子们，再见”
而惊愕即变成石头一片……

他躺倒在烧焦的斗篷上
周围的岁月黑暗而凄冷
与瘦狗们一起向可怕的沉默发出吠声
而那些再次变得像石鸽的钟点
都来注意地倾听
但是笑声被烧掉，土地被震聋
也无人听到那最后的尖叫
整个世界随着那尖叫顿时空了

在那五棵小松树下面
没有其他像蜡烛般的东西
他躺在烧焦的斗篷上
头盔空着，血染污泥

身旁是打掉了半截的胳臂
他那双眉中间
有口苦味的小井，致命的印记
那儿记忆已经冻结
在那黑红色的小井里

不要细看啊，不要细看那地方
那儿生命已经沦丧
不要细说啊，不要细说是怎么
梦的轻烟是怎么上升的
因为就这样，那一顷刻，一顷刻
就这样啊，一顷刻将另一顷刻抛弃
而永恒的太阳就这样从世界走开了

五

太阳啊，你不是无所不能吗
鸟啊，你不是欢乐不息的时辰吗
光明啊，你不是云的闯将吗
而你，花园啊，难道不是花卉的表演地
你，黑色的根，难道不是木兰花的长笛
像一株树在雨中颤抖
像空虚的肉体被命运诅咒
像一个狂人用雪抽打着自己
而两眼被泪水淹没——
哎呀，山鹰问，那个年轻人哪里去了

于是所有的小鹰都惊讶那个年轻人哪里去了
哎呀，母亲悲叹着问，我的儿子哪里去了
于是所有的母亲都惊讶她们的孩子哪里去了
哎呀，朋友问，我的兄弟哪里去了
于是所有的朋友都惊讶他们中的最小者哪里去了
他们摸摸雪，雪热得发烫
他们摸摸一只手，手却冻起来
他们咬一口面包，面包滴血
他们深深地凝望天空，天空变得苍白
为什么为什么为什么呀，死亡不给人温暖
为什么有这样可怕的面包
为什么是这样的天空，那里本来有太阳高照

## 六

他是个漂亮的小伙子
他诞生那天色雷斯[①]群山便弯下腰来
显示大地肩头那欣悦的麦穗
色雷斯群山俯身吐啐，像重施洗礼
一次在他头上，一次在他胸上，一次在他啼哭之际
希腊人来了，以强大的胳臂
将他高高举起在北风的襁褓里……
然后日月飞度，各显身手
他们弓身跃马纷纷地奔驰
然后斯垂蒙河在晨风中滚滚向前
直到吉卜赛银莲花的铃铛到处响起

而从地球两端来了大海的牧者
他们将三角帆羊群向远方赶去
那儿大海的肺腑在深深呼吸
那儿有块大石头在叹息

他是个小伙子，身体很强壮
晚上躺在橘林姑娘们的怀中
他会把星星们宽大的长袍弄脏
他心中的爱情是那样深厚
以致他饮尽了大地所有的芬芳
然后与白衣新娘们一起跳舞
直到黎明听见，将阳光浇在他头上
张开双臂的黎明发现他在描绘花朵
在挠那小小树枝鞍上的太阳
或者又对那些通宵醒着的小猫头鹰
温存地把摇篮曲低唱
啊，他的呼吸像枝百里香，多么强烈
他那袒露的胸脯多么像骄傲的地图一张
那里爆发着自由和海浪……

他是个小伙子，英姿矫矫
佩着手枪和暗淡的金纽扣
走路时一派大丈夫风度
那头盔却是个闪光的射击目标
（他们那样轻易地击穿了他的头颅
他啊，连什么叫罪恶也不知道！）

他的士兵排列在他左右
在他面前报复了敌人的残暴
以子弹回答不义的子弹！
你看鲜血沾满了他的眉毛
这时阿尔巴尼亚群山发出了咆哮
然后他们将冰雪融化，来洗刷
他那身躯，一只黎明时触礁的小船那样静悄悄
他的双手，两片宽阔的荒原
他的嘴，一只不唱歌的小鸟
阿尔巴尼亚群山发出雷鸣
可是它们并不哭号
它们为什么要哭呢
他是个小伙子，英姿矫矫

## 七

树林是黑夜没有点燃的木炭
风猛扑着，捶它的胸坎，风又在捶它的胸坎
毫无结果，山岳跪在霜里
在寻找避难所。而深渊吼叫着
爬上悬崖，从死者的髑髅……
连悲哀也不再哭泣，像个疯女人
丧失了孩子，在转来转去，胸前佩着个嫩枝般的十字
她不哭泣。只是，束着黑色的埃庇诺斯山脉的带子
她巍巍升起，装上一个新月形的银徽
免得行星旋转时会看到它们的阴影

会遮蔽它们的光辉

并且停步不前

在混乱中疯狂地喘息……

风猛扑着，捶它的胸坎，风又在捶它的胸坎

寂寞紧抓着她那黑色的披肩

弓着身子在月形的云朵后倾听

她倾听什么，是云一般的岁月，那么遥远？

她肩上披着褴褛般的头发——唉，由她去吧

一个母亲在悲愤地哭泣——由她去吧

让她在那冰冻的空房里彷徨

因为命运不是谁的寡妇

而母亲们生来是为了哭泣，男人是为了打仗

花园是为了在一个少女的胸上开花

海涛为了咆哮，鲜血为了流淌

自由是为了不息地闪光

八

既然他的祖国在地球上黯淡了

请告诉太阳另找一条航道

如果他想要保持他的骄傲

或者用土壤和水

让他在别处碧空中造一个小小的希腊姐妹

告诉太阳另找一条路

好避免碰上哪怕一只雏菊

告诉雏菊以一种新的童贞绽开
这样她才不致为外来的手指所玷污

把野鸽从那些手指间解放吧
也别让任何声音谈起水流的苦恼
像天风轻柔地吹入一个空的贝壳
不要向任何地方发送绝望的信号
但要从骑士团的花园里
带来他的灵魂在鼓动之处的玫瑰
在那里，他的呼吸在逗弄
阳光下一只小小的处女般的蝶蛹——
像缎子改变光泽那样时常更换衣裳的蝶蛹
当小甲虫在金粉上醉了
而小鸟从树上轻巧地飞来打听
通过什么种子的萌芽这著名的世界才得以诞生

## 九

带来新的双手吧，因为此刻他要上升
去给星星的孩子们唱催眠曲
带来新的两腿吧，因为此刻
他要头一个参加天使们的跳舞
新的眼睛——天啊——因为此刻
他要俯身看看爱人的百合
新的血液，因为它们将因愉快的欢迎而狂热
还有嘴，青铜和不凋之花的鲜嫩的嘴

因为此刻他要向云霞道别

白天，他将面对桃树
夜晚，他将驯养麦田
他将给平原遍撒绿色的蜡烛
或者冲着太阳勇敢地叫喊
给自己披上风暴，跨着刀枪不入的战马奔驰
成为那些船坞的阿奚里士[②]
他将到神话般的黑色岛屿去
去吻那些小小的圆石
然后他将睡下
穿过那些梦的海湾
去寻找新的两手、两腿和两眼
血液和语言
去重新站立在大理石的打谷场上
并以他的神圣去搏击——哎，这一次
同死神搏击

## 十

太阳，青铜声，以及神圣的季风
在他胸脯上发誓要给他生命
任何再阴险的势力也无法得逞了
只有从桂树枝丫间漏出的光波
和露珠发出的银辉，只有十字架
在那里闪耀，仿佛高尚开始显形

而慈善手持利剑站了起来
凭他的眼睛和它们的旗帜宣告：我活着
祝你健康，古老的河流，你在黎明时分
看到这样一个上帝之子，嘴里咬着一支
石榴树枝条，熏沐在你的水波中
祝你健康，乡村的枸杞树，你打扮好自己
当安德罗索斯[3]企图偷走他的梦
也祝你，正午的流泉，你触摸了他的脚
还有你，姑娘，你是他的心上人
他的小鸟，他的圣母玛利亚，他的七曜星
因为只要一生中有那么一次
一个人的爱情会反射，会点燃
一颗又一颗星体，那神秘的苍穹
那个神圣的声音就会到处统治
用鸟儿小小的心脏装饰着树林
用茉莉的七弦琴装饰诗人的情韵

然后让它一经发现就把隐藏的邪恶铲除——
一经发现就用火将隐藏的邪恶烧净

## 十一

那些因苦难偷走了他们的眼睛而犯罪的人
由于恐惧逃避了不幸而正在挣扎的人
他们迷失在乌云中
回来了，前额上没有了羽冠[4]

回来了，脚上已没有利爪
回到海涛在冲洗葡萄藤和火山的地段
回到以月亮当犁铧的故乡田野
回到有扎龙戈的曼陀铃的故乡岛屿
回来了，回到猎犬的爪子散发着
血腥味的地区，回到暴风雨
像女人收获期的白素馨那样持久之处

那些犯罪者被背后一阵乌云逮住了
他们生活中没有棕榈或清凉的雨露
没有羊羔、美酒和来复枪，没有钓竿和葡萄树
他们没有古老的橡木和愤怒的风
睁着严厉的双眼
在那里守望十八个晨昏
一阵乌云把他们逮住了——在他们背后
他们没有虚张声势的大叔，没有装子弹的父亲
没有亲手屠杀过的母亲
或者袒裸着胸脯跳舞
让自己听命于死亡自由的外祖母[5]

那些犯了罪的人被一阵乌云逮住了
但是他，在天空大道上面对着乌云的人
如今却在孤独而光荣地上升

## 十二

在茂盛的芳草上迈着清晨的步履
他独自上升，满脸霞光熠熠

采花的顽皮姑娘们偷偷向他挥手
向他高声说话，声音在空中化为雾气
甚至树木也爱抚地向他低首
将枝头的鸟巢挟入两腋
枝叶浸在太阳的油彩里
奇迹——怎样的奇迹呀，下面大地上
白种人用天蓝色的犁头切开田野
山脉如电光在远方闪耀，而更远处
是春天的群山那不可接近的梦寐

满脸霞光熠熠，他独自上升
喝醉了阳光，亮透了一颗心
以至在云中也能看见真的奥林匹斯山
而朋友们的荷散那[6]在周围浮沉……
现在梦比血液跳得更快了
动物在羊肠道两旁聚集成群
它们像蟋蟀般吱吱叫唤
仿佛说整个世界实在是庞大无垠
是一个逗弄自己孩子们的巨人
水晶之钟在远处长鸣不歇
明天，明天，他们说：是天上复活节！

## 十三

远处响起水晶般的钟声

它们谈论他这个在世间被烧死的人
像一只蜜蜂烧死在百里香的酵素中
谈论着窒息于泥土胸中的拂晓
尽管它答应有个光辉的明朝
谈论着那片雪花，它在心中闪耀又衰败
当听到一声远方的枪响
当阿尔巴尼亚的鹧鸪在高空惨叫着飞开

它们说他甚至来不及哭泣
为他那生命之爱的凄切情景
那时风在远处吹得更紧了
而小鸟在坍坏了的磨坊梁柱上啾啾地哀鸣
为那些饮着烈性音乐的妇女
她们站在窗口紧紧地拧着她们的头巾
为那些从绝望奔向绝望的妇女
她们在等待草地边缘一个不祥的音信
于是嗒嗒的马蹄声来到了门口
谈他那温暖而无人爱抚过的头
谈他的大眼睛，那儿生命已渗透
渗得那么深那么深，它再也出不来了

## 十四

如今梦想在血液中跳得更快了
世界最真实的时刻发出信号
自由
希腊人在黑暗中指出道路
自由
为了你，太阳将因欢喜而啼哭

斑斓如虹的海岬掉进了水里
满帆的船只在草地里游弋
那些最天真的姑娘
赤裸着在男人面前奔跑
而羞怯在栅栏的后面高叫
朋友们，哪里也不如这儿好……

世界最真实的时刻发出信号

当黎明在广阔的绿原上行进
他愈来愈高地上升
这时那些渴望发光了
它们一度在罪恶的孤寂中消隐
如今又来到他周围熠熠飞腾
他心灵的渴望是白热的
小鸟欢迎他，好像是他的兄弟
男人们呼唤他，好像是他的伴侣

"鸟儿，幸福的鸟儿，死亡在这里消逝"

"朋友们，亲爱的朋友们，生命在这里开始"

一个天国之光的晕轮在他的头发里大放清辉

水晶般的钟声在远处震荡、萦回

明天，明天，明天是上帝复活节

---

① 巴尔干半岛东南端地区名，包括希腊东北部。

② 荷马史诗《伊利昂纪》中的英雄。

③ 希腊海岛。

④ 意大利法西斯士兵的帽上有乌鸦毛。

⑤ 在希腊独立战争中因不愿受辱而跳崖自尽的一群妇女，死前曾一起跳舞。

⑥ 赞美上帝之语。

# 希特勒的春天

[意大利]蒙塔莱　杨渡 译

蒙塔莱（1896–1981）出生在热那亚一个中产阶级家庭，自幼学习音乐，成绩优异。1938年因拒绝加入法西斯党被开除公职，40年代初开始流亡瑞士，参加过反法西斯抵抗运动。1975年，以“他的杰出诗歌拥有伟大的艺术感，在不合幻想的人生观之下，诠释人类的价值”获诺贝尔文学奖。

蜉蚁群聚成浓密的白云
疯狂地回绕着青苍的街灯
以及栏杆，旋飞——
在地上展开一条毛毯
毯上是嘎嘎作响的步履
有如踏在撒散的糖上
隐约浮现的炎夏如今
解开了严寒的夜霜
那保持在秘密的洞穴
和死亡的季节里的霜雪
在麦亚那花园的采沙坑前，停步——
迅疾，地狱的传信人
飞奔过街道，那些
屠杀者齐敬礼，神秘的深渊
火亮的招摇的“卐”字旗
统辖并且吞噬我们

商店的窗户，卑逊无意地
关闭了。军队也同样
带着战争的大炮和玩具
屠夫也穿着花饰和草莓的外衣
敲打着被屠杀的山羊的口鼻
温柔的刽子手的仪式
曾经是纯粹的血腥
如今已变成战栗的手臂
正痉挛地跳舞
蜉蚁小小的死亡洗净
防波堤的边缘
而潮水继续吞噬海岸线
再也无人无可责难了

一切尽是虚无，然后呢
罗马的烛火点燃于圣·乔泛尼
地平线缓缓地苍白
盟誓以及长长的“再见”
在悲伤的群众的期望中
转而坚强一如洗礼
（一朵苞蕾在风中剥落
在你故乡的冰上
河上，煎熬
陶比斯的传信人，
第七个，带着未来的种子）

天芥菜自你手中生出

又全部焚毁，被吮干

哭泣如怒火的花粉

又复与冰和盐一齐飞散

啊！这溃烂

这腐败的春天仍将是个祭奠

如果我们能够退回严冰的冬天

在死亡中死亡！

也曾瞭望过远方，柯丽亚

你的命运，你在动荡中

保持着一份永恒不移的爱

直到瞎眼温慰你，引导你

瞎眼本身也在别人心中

甚至也紊乱上帝

上帝的眼睛

也瞎了！

或许瑟伦思女妖和钟声[①]

会在半夜把那些魔鬼杀了

他们的妖巫的安息日也已紊乱

跟着从天堂的战斗和降服

而流下来的声息

跟着一声黎明的呼吸

那尚未重现的呼吸

明日，必将洁净不再有恐怖的黑翼

明日，必定要烧焦南方的小河

① 女妖，即希腊神话中，以美妙和歌声诱惑海上航行的水手，使其船只遇难沉没的海妖。蒙塔莱在此诗中怒斥希特勒的军队，并悲哀地期望女妖会把独裁者的船只沉没。

# 阿尔蒂内利剧院

[ 意大利 ] 翁贝尔托 · 萨巴　吕同六 译

---

翁贝尔托 · 萨巴（1883—1957） 萨巴很早开始写诗，受到莱奥帕尔迪、微暗派和隐秘派的影响。他的诗倾注了诗人对家乡和生活的挚爱；用诗人敏锐的感觉，努力在和他一样饱经忧患的普通人身上和周围的事物中开掘出真和美。

镰刀、锤子和意大利的星星
装饰着剧院大厅。
墙上留下了多少痛苦的印痕！

走进来了，拄着拐杖的主席。
他挥舞拳头致意，他的演说
让挤满寒酸大厅的
妇女和孩子们哧哧地笑了。
他羞怯地宣称，
人们应当亲善和友爱；
“现在我退场了，像德国人撤退那样。”
杯中的红酒还难以斟满，
它却能治愈伤口，
消除痛苦的皱纹；
摆脱磨难归来的流放者，它给予温暖，
仿佛谁在寒风中瑟缩接受和煦的阳光。
这就是阿尔蒂内利剧院，

诗人在 1944 年
9 月的一天的见闻，
远处仍不时滚过一阵阵炮声，
佛罗伦萨默默无语，
在它的废墟中凝神沉思。

# 柳树上的竖琴（外一首）

[ 意大利 ] 萨尔瓦多雷・夸西莫多　吕同六 译

萨尔瓦多雷・夸西莫多（1901–1968） 生于西西里岛的锡腊库札，童年时辗转于小城镇，生活艰苦。1930 年，处女作《水与土》问世，声名大振，成为名噪一时的隐秘派诗人。1958 年获维阿雷乔奖。翌年，“以高贵的热忱，表现了我们时代生活的悲剧经历”获诺贝尔文学奖。

我们怎能歌唱

当侵略者的铁蹄

踏在我们的心上

烈士们的尸体

横卧在广场

冰雪掩埋的草地

无辜的孩子们

悲伤地哭泣

善良的母亲

扑向钉在电线杆上的儿子

恐怖地哀号

柳树枝头

我们的竖琴

高高地悬吊着

在凄凉的晚风中

忧伤地摆动

# 米兰，1943 年 8 月

可怜的手，
你徒然在尘埃中摸索——
城市已经死亡了。

它是一座死城啊：
纳维利奥河畔①
响过了最后一声爆炸。
黄莺从教堂
高高的天线上坠落，
带走了日落前婉转的歌喉。

请别在院子里挖掘水井了——
生者再也不觉得干渴。
请别触动死者，
他们沾满鲜血，又浑身浮肿；
让他们安息吧，
在他们家园的土地上：
城市已经死亡了，已经死亡！

---

① 纳维利奥河流经米兰，此处喻指城市的心脏。

# 战后的星期天

[意大利]维多里奥·塞雷尼　吕同六 译

维多里奥·塞雷尼（1913—1983）　毕业于米兰大学文学系，之后一面教书，一面写具有隐秘派色彩的诗。第二次世界大战期间当过步兵军官，先后在希腊和西西里作战。1972年，获意大利林琴科学院奖。1981年，诗集《变幻的星星》获意大利维阿雷乔文学奖。

两个人久别重逢
在战后的一个星期天
静寂的大海
莫非会重起波澜？

爱我吧——他说——你归来了
就用全副身心爱我
把这离别的岁岁月月全部补偿……
要知道……

在战争的最初时光
每一个星期天总是
温柔地失望
昏沉的钟声
从阿姆斯特丹驶来的最后一班邮轮
抛在海面的缕缕青烟……

他们动情地凝眸对视
从铺着佛来米[1]细布的长桌下
悄悄地伸出手去摸索

年复一年孤独寂寞
浪花卷去了岁月
海峡因哑默无言
因韶光的流逝
迷离恍惚了
化作横亘天宇的巨石
静寂的大海
莫非会重起波澜?

噢，不会的
他们彬彬有礼
互相唤着互相试探
——他来自英格兰
她是佛来米人
而后他们急急忙忙开始谈论生意
今天并不是星期天

① 佛来米系分布于法国、比利时、荷兰的日耳曼语系民族。

# 最后的游击战士之歌

[意大利] 弗朗科・福尔蒂尼　吕同六 译

弗朗科・福尔蒂尼（1917– ） 诗人，文艺批评家。抵抗运动时期投奔游击队，在奥索拉谷地参加反法西斯武装斗争。20 世纪 50 年代访华，著有《中国之旅》（1956）。他的诗一度受隐秘派影响，后来主要写与社会生活密切关联的现实主义诗。

大桥的栏杆上

悬挂着绞死者的头颅

好像是青草

好像正午的阳光

从不哭泣

# 和平幻景的附录（外三首）

[以色列] 耶胡达·阿米亥　傅浩 译

---

耶胡达·阿米亥（1924–2000）以色列当代诗人，他的诗透明而睿智，善于把日常与神圣、爱情与战争、个人与民族等因素糅合起来。作品已被译成近 40 种语言。据说，以色列士兵上前线时必带两样东西：一是行李，一是阿米亥的诗集。

把刀剑打造成犁铧①之后
不要停手，别停！继续锤打，
从犁铧之中锻造出乐器。

无论谁想重新制造战争
都必须先把乐器变成犁铧。

## 战地之雨

雨水洒落在我朋友的脸上，
洒落在我活着的朋友的脸上，
他们用毛毯遮盖着他们的头。
雨水也洒落在我死了的朋友的脸上，
他们身上什么也没有盖。

## 最初的战役

最初的战役
以几乎致命的亲吻
拔起可怕的爱之花
像炮弹那样。
士兵小伙子们
被装载在我们城市漂亮的公共汽车里：
12 路、8 路和 5 路到前线去。

## 辨认是可怕的

在一次地震，或一次战役之后，
辨认死者是可怕的。
但是当他们活着、走着路时
去辨认他们就更可怕。
或者在傍晚七点钟
在街上。
当遗忘逝去，
而记忆并不取而代之之时。

永恒给自己涂以永恒的色彩，
水死在水中
又从水中升起，
云只在云间移动。

人们不是如此：

他们不得不移动

在钢铁和石头之间，

在一切不爱他们者之间。

我有一位叔父他的身体内

散布存留着

来自第一次世界大战的钢铁，

直到第二次大战后。

他死去时，他（它）们重又分手：

他们用那钢铁制造出更多炮弹。

用我叔父制造出新的叔父，

一次新的遗忘。

---

①《以赛亚书》第 2 章第 4 节："他们要将刀打成犁头，把枪打成镰刀。"

# 黎明的歌

[日本]金子光晴　武继平　沈治鸣 译

金子光晴(1895–1975) 日本现代诗人。20岁开始诗歌创作，1919年赴欧洲，接触了波德莱尔的诗，受到较大影响。作为象征主义诗人，光晴勇于针砭时弊，以极大的正义感反对专制和战争。

## 一

熄灯吧，天已经亮了
锋利的黎明
像剃刀削去水肿的泡皮
清爽的悲愁
从敞开的窗口流入

纸币，此刻只像一张废纸
窗外的景物，渐渐苍白
被追赶的初醒的梦
不知逃向哪里
我和我追踪着的影子也无处可去

地平线
那上面的灰尸
——累累的躯体

大河的洪水不断泛滥
涌过那上面
并排的烟囱
像细细的火柴棍

远方，海峡的潮音

战斗机，为了不回来而起飞

二

白睡莲、水爬虫
肥胖、滚圆的瞎鱼
在沼泽中横行
阴谋、谎言、丑恶
还不能看清
出发吧，走！
在还无人醒来的街上悄悄穿过

铺路石下传来
糜烂的爵士音乐的雨声
梦魇中的张贴画

泪淋淋的水泥地
汗涔涔的步枪

那长长的围墙里

屈从

屈从

屈从

任何耻辱

也比不上屈从

闪电

不，不是

那是有人为了飞上天空

变成了白鹤

在自己的头上

嵌了一颗珍珠

# 兵士之歌

[日本] 鲇川信夫　罗兴典 译

鲇川信夫（1920–1986）日本战后“荒原派”代表诗人之一，《死了的男儿》和《兵士之歌》可谓“荒原派”的典型之作。

待收割了了，
世界何其近似荒野！
从那边升起，向这边沉没，
从虚弱的太阳语言中，我明白了
这样了了的并不仅是世界。
虽然还来不及死，但现在
已是你们的肉体和骨头
随处透明的季节。
从空中的帝国跑来，
推着沉重刑罚的炮车，
渡过血河而去的兵士哟，
昔日的爱和新日子的恨，
都成为忘却的虚假的祈祷。
我是一开始就败退的兵士之一，
是个一直比谁都慎重地
把枪口对准自己的兵士。
啊——为此……
我待在一点点破损的帐篷里，
并不抱独自睡眠时的梦想，

去支持追溯虚伪的历史、
一点点退却的军队，
……谁也不会原谅我。
我的小指头，
具有朝任何一个方向弯曲的关节，
没有保险的扳机，
只属于我一个人，
并不是为了保卫哪儿的国境。
不相信胜利的我……
长期来梦见这荒野，那是
绝望与希望都没有住所的地点，
未来和过去都徘徊不定，
只有一点点远的地点。
连狼影也没有的地点。
和哪个首都都相隔遥远，
任何地图上也没有的地点。
朝着辽阔荒野的心魄，
……怎么会相信败北？
在干燥的棕色的风中，
把嘴唇贴着空空的水壶，
喝着消失的生命之水的兵士们哟，
你们，没有必要
已经烧掉了顽强的村庄，
再在内地和海岸
屠杀抵抗的居民。
死的收割了了，

你们的任务也告终，
你们抹杀了自己的广大正午！
在把遍地白骨集中的黄昏，
化作鬼魂游荡的兵士们
从没有你们的暗空四处，
比沉默更坚固的无名木的果实，
正爆裂飞开
深深射入等待四月雨的干土。
啊——可是……
森林和田地不需要美丽城镇的视觉感，
我拖着系死我心脏的锁，
要把无尽的孤独，
从这地平面拉向水平线。
当枯枝在头上晃动，
触及冰冷的空气时，
去忍受如子弹倾注的空寂。
堕入没有歌唱者的咽喉，
和没有主权者的胸膛，
那冒血的空洞，
去抛弃被人间悲哀污染的夕阳。
直到这荒野的尽头，
……我要去任何地方。
哪怕是在我的前方
一切国境被封锁，
哪怕是严寒渗透
弹仓已空的心中

一口一口的呼气都结冻，

啊——可是，

我还是要去任何地方！

不相信胜利的我，

怎么会相信败北？

啊——为此，

谁也不会原谅我。

# 致一位牺牲在阿拉贡前线的战友的挽歌

[墨西哥] 奥克塔维奥·帕斯　赵振江 译

奥克塔维奥·帕斯（1914— ）墨西哥当代诗人，1990 年获诺贝尔文学奖。

## 一

同志，你牺牲在
世界火红的黎明。
但你的目光、你蓝色的英雄服，
你那在硝烟中吃惊的面孔，
还有你那没有握着提琴和步枪的、
彻底平静的双手
正从你的牺牲中
令人惊讶地诞生。

你死了。无可挽回地死了。
声音停滞，鲜血洒在地上。
你死了，我不会遗忘。
土地若不把你颂扬，怎么会生长？
血液若不将你呼唤，怎么会流淌？
我们的声音若不表明你的牺牲、
你的沉寂和失去你的无言的痛苦，
怎会有成熟的力量？

歌颂你，呼唤你，

为你哭泣，

将血液注入你开裂的血管，

将声音赋予你破碎的身躯，

将双唇和自由赋予你的沉寂，

这一切同样全在我的身心中成长发育，

其他人的血管和身躯，

其他被抛弃的农民的眼睛，

其他的黑人，无名者的沉寂，

会狂热地歌颂我，呼唤我，

为我哭泣。

二

我记得你的声音。山谷的光辉

抚摩我们的双鬓，

阳光像闪烁的利剑，

照耀着我们，

斩断了黑暗，

动如起舞，静似雕像，

腼腆而又勇猛的神情

像彗星、云彩、雕塑，

一片朦胧。

空洞、耀眼

玻璃一样的光波
燃起我们的渴望，
纯洁的火，无声无息
将我们沉入缓慢、激荡的漩涡。

我记得你的声音，
坚毅的神情，
双手的姿态凝重；
我记得你的声音，
挑战的声音，敌对的语言，
纯洁、仇恨的声音，
温柔、饱满的仇恨
使大地熊熊燃烧，
使人变成果实一样的拳头，
同志和战士的拳头。
你的心灵、声音、充满活力的拳头
都被死神捣碎、拘留。

三

同志，你牺牲在
世界火红的黎明。
你死的时候，
你的世界，我们的世界
正旭日初升。

透过嘴角不屈的神情，
你的胸膛，你的眼睛
带着清晰的微笑、纯洁的黎明。

我想象着你困在弹雨中，
义愤填膺、仇恨重重，
如闪电雷霆，
似坚韧、自豪的流水
被锁在岩石与黑暗的牢笼。

我想象着你躺在泥泞中，
再也不能站起，
毫不掩饰地微笑，
失去了知觉，却还在
抚摩另一些死者的双手，
他们是你梦中的战友。

你牺牲在同志当中，
你为了同志而牺牲。

# 荒村

[新西兰] 罗宾·海德　夏勤 译

罗宾·海德（1906–1939）　原名艾里斯·吉弗·威尔金森，新西兰诗人兼小说家。1938年初，准备由西伯利亚去伦敦，到中国后为中国人民的抗日战争所吸引，做战地采访，被日军以间谍嫌疑逮捕，几经周折，才得以从青岛循海路去伦敦。抵英后用六周时间带病写出《龙的腾跃》一书，报道中国抗战情况。

这村庄给夷为平地，像虚弱老人
临终时肩一耸就颓然倒毙，
全体村民或逃亡或遭杀戮。棉花烂在地里，
没有一所小屋还在，哪怕倾斜如拄杖伤员，
残垣凝视着，失去心爱的居民何以为生——
把他们惊醒，不会是件好事情。
饭碗已砸碎，休想再将它盛得满满。

修建得很好的村庙不指望再有人来顶礼求福，
五尊神像被破坏，虽然有十尊尚属完整，
妇女们出庙遭屠杀，最后一次徒然祷告以流血告终。
庙宇也许只能供麻雀筑巢，或者沉沉睡去，
因此金身的菩萨只好长期地
坐在螺旋形光轮下默默沉思。
不会再有线香的小火花惊动观音了——
村民们曾给她披上一身绸缎，
老太太还把珍珠般的念珠穿进她发丝。

这是一座穷棒子们进香的庙宇：

供奉的神全是泥塑木雕，然而村中某个画匠

却灵巧地将它们装点得金碧辉煌。

木龙一条条无不是精心镂刻而成。

在毁的木板上我发现有棵小树含笑迎人，

还点着蔷薇图案和钟形花冠，全长仅一尺。

我捡起来又把它放回观音脚下。

一位妇女卜问吉凶的签袋

是付出铜板从纸签筒里抽出来的，

见它给撕碎了，我又一片片拼起。

我将时常这样思忖："没见过面的那位妇女

曾在这里说出她死前的愿望。

可是神祇还在做梦。她，祷告声那么低，

枪炮声那么响，在死亡之夜有谁躬身倾听？"

# 在圣十字街上处决

[波兰] 弗瓦迪斯瓦夫·布罗涅夫斯基　张振辉 译

---

弗瓦迪斯瓦夫·布罗涅夫斯基（1897–1962） 德国法西斯侵占波兰后，他于 1941 年在苏古比雪夫任《波兰》杂志编辑，后参加了在苏联建立的波兰军队，曾随军到达近东。

敌人在街口上布置了警哨，
戒严，此时此刻，谁都不准通行，
要对卑鄙的波兰人执行枪决。

只有九月失败后留下的废墟，
只有顶楼上几双泪水浸湿的眼睛，
只有几个躲在地下室里的公民，
在偷偷地看着这个执行。

囚车呜呜地行驶，送来了五花大绑的罪人，
他们的嘴里塞着石膏，
不能说话，也不能叫唤，
不能表达他们对祖国的爱，
不能把唾沫吐在刽子手的脸上。
刽子手叫他们把苍白的脸对着墙壁。

在告别这块悲伤土地的最悲伤的时刻，
你们还有什么话要说？
同志们，在你们死后，

这块土地上的斗争不会停息，

今天你们把鲜血洒在这块石板上，

这堵城墙，这片蔚蓝的天空，

还有喀尔巴阡山[①]，波罗的海，

塔特拉山[②]将永远属于波兰，

在波兰的土地上，终将来到

自由的一天，解放的一天。

过路的行人，你知道

那用黑色油墨涂画着的十字架的石碑在什么地方？

就在埋葬着牺牲者的遗骨的地方，

他们是无辜的牺牲者。

让我们低下头，向他们致哀！

---

① ②波兰南部山脉。

# 逃离（外二首）

[波兰] 切斯瓦夫·米沃什　张曙光 译

切斯瓦夫·米沃什（1911–2004） 他战争时期的诗歌表现了对民族和人类命运的担忧，后期作品则深入到了政治、哲学、历史、文化等方面。米沃什因为“在自己的全部创作中，以毫不妥协的深刻性揭示了人在充满着剧烈矛盾的世界上所遇到的威胁”，表现了“人道主义的态度和艺术特点”，于 1980 年获诺贝尔文学奖。

当我们逃离了燃烧的城市

从最初的田间小路回头望去，

我说：“让草掩盖住我们的脚印，

让刺耳的先知们在火中沉默，

让死者向死者解释发生了什么。

我们注定产生新的激烈的部族，

没有邪恶和浑浑噩噩的快乐。

我们走吧”——火焰的剑为我们劈开大地。

# 在华沙

你在这里做些什么，诗人，在这
明朗的春日，在圣约翰大教堂的
废墟上？

你在这里想些什么，在维斯图拉河[①]
吹来的风播撒着
瓦砾的红色灰尘的地方？

你曾经发誓决不成为
一个仪式的哀悼者。
你曾经发誓决不触摸
你的国家深深的伤口，
同样你不愿使它们变得神圣
和纠缠了后代很多世纪的
被诅咒的神圣事物一道。
然而搜索着兄弟的
安提戈涅的悲伤
的确超出了忍耐的
力量。而这颗心
是一块石头，里面封闭着

类似一只昆虫，是最不幸土地的
隐秘的爱。

我不想这样去爱。
那不是我的意愿。
我不想这样怜悯。
那不是我的意愿。
我的笔比一只
蜂鸟的羽毛更轻。这重负
超出了它的承受。
我怎能生活在这个国家
在那里，脚会踢到
亲人未曾掩埋的尸骨？
我听到声音，看到微笑。我什么
也不能写；五根手指
抓住我的笔，命令我去写
他们活着或死去的故事。
使我生来就成了
一个例行的哀悼者？
我要去歌唱节日，
在绿色树林中莎士比亚
常常抓住我。留给
诗人们一个幸福的瞬间，
不然你的世界就会毁灭。
这很疯狂：没有欢乐地活着
并重复着那些死者，

他们的角色就是成为
思想和肉体行为的欢乐，歌唱和欢宴，
只有两个救助的词：
真理和正义。

## 1945

你！最后的波兰诗人！——醉了，他拥抱我，
我的先锋派朋友，穿着长长的军大衣，
活过了俄国战争，那里，不言而喻。

他没能从阿波里奈尔那里，或从立体派的
宣言，或巴黎街头的欢乐，学到那些东西。
对幻想的最好治疗是饥饿、忍耐和顺从。

在他们美好的首都他们仍爱交谈。
但二十世纪在继续。一些词语
将表示着什么，不由他们决定。

在台阶上，用一块破布包扎流血的双脚
他抓住了那些崇高世代无益的骄傲。
他目光的尽头，一片沼泽，还没有偿还给大地。
灰色的静寂停留在每个部落和人民头上。

在巴洛克教堂的钟声后，在手握住军刀后，
在自由意志的争吵和议会的辩论后。

我眨着眼，荒谬而固执，
独自和圣母马利亚对抗着难以驳倒的力量，
热切的祷告者们，镀金雕像以及奇迹的一个后裔。

我知道我会用被征服的语言说话，
比起古老的风俗，家规，圣诞节的金箔，
还有每年一次的欢乐颂歌，它并不持久。

---

① 维斯图拉河：波兰的一条河，发源于捷克斯洛伐克边境，向北注入格旦斯克湾。

# 白天（外一首）

[波兰] 维斯瓦娃 · 希姆博尔斯卡　张振辉 译

---

维斯瓦娃·希姆博尔斯卡（1923–2012）　波兰诗人。1996 年，“她的诗歌以精确的讽喻揭示了人类现实若干方面的历史背景和生态规律”，获诺贝尔文学奖。

他[①]在山中找到了一个旅馆，
在旅馆的餐厅里吃了午饭，
站在桌子后面朝窗外望去，
那里有四株云杉，它们
从枝条到枝条没有抖落刚下的雪。

头顶上一半秃一半留着一小绺苍发，
鼻梁上戴着一副度数很深的眼镜，
下巴上蓄着一把尖突的胡须，
一副粗糙的面孔显得疲惫不堪，
额头上皱纹密布，腮帮上长满了疙瘩，
就像美丽的大理石包了一层土。
他什么时候变成这样，恐怕连他自己也不知道，
因为他并非突然而是慢慢变成了这个样子。
但他付出了这么昂贵的代价之后，
总算没有过早地死去。

啊，幸好他最后一瞬间低下了头，
他的耳朵才没有被子弹洞穿，

为此他一定会说一声“我是多么幸运”。

在等着那碗发给他的汤面的时候，
他读完了当天的报纸，
报上有许多大的标题和小的声明。
有时他用指头敲着白色的桌布，
这是一双饱经风霜的手，
手上的皮肤已经破裂，条条青筋裸露在外。
忽然有人在门外叫道：
“巴琴斯基先生，你的电话！”
这是他的电话，一点不奇怪。
他马上站了起来，抚平身上的毛衣，
不慌不忙地朝门那边走去。
看到这种情景，人们也许不会终止谈话，
一部分人做手势，另一部分人也不会屏住呼吸，
因为这是一桩平常的事，遗憾的是，
他们把这看成平常的事。

---

① 指波兰诗人克日什托夫·卡米尔·巴琴斯基（1921–1944），在德国法西斯占领时期曾参加反法西斯战斗，在 1944 年爆发的华沙反法西斯起义中牺牲。

# 希特勒的第一张照片

这个穿着小外套的孩子是谁?
是小阿道夫，希特勒帝国的儿子。
他会不会成为一位法学博士，
或者在维也纳歌剧院当一个男高音歌唱演员?
这是谁的一只小手，谁的小耳朵、小眼睛和鼻子?
谁的吃饱了奶的小肚子？也不知道
他将来要当一个印刷工人还是当一个公务员?
当一个商人还是当一个牧师?
这双可爱的小脚到哪里去?
到花园里去，到学校里去，到办公室去，
还是去和市长的女儿结婚?

婴儿、小天使、宝贝、乖乖，
他一年前来到这个世界上时，
在天上和地上都留下了记号，
这就是春天的太阳和窗台上的天竺葵。
母亲分娩前在玫瑰红的纸上预测未来的宝贝，
庭院里手摇风琴的音乐
告诉她将有一个顺利的分娩。
她在梦中见到了一只鸽子——
一个可喜的征兆，不要放过，

一个等了很久的小客人就要来了，
咚！咚！有人敲门[1]，是谁？
就是他，亲爱的小阿道夫。

奶头、褓褓、围嘴、铃铛，
一个小男孩，赞美天主，敲门，他很健康。
长得像他的父母，像篮子里的小猫，
像所有别的家庭相册上的男孩。
好，现在我们不要哭。
让照相师在一块黑布下按动快门，
给他照个相。

阿特利尔牌相机，照相师克林格尔，
布劳瑙市[2]，墓地街。
布劳瑙是个虽然不大但很值得一看的城市。
这里有大的商行，有好心的邻居，
这里散发着灰色肥皂和甜食的芳香，
这里听不到狗的吠叫和命运之神的脚步声[3]，
历史教员松开领子在练习本上打瞌睡。

---

① 说明孩子诞生了。
② 布劳瑙市，在奥地利，德国法西斯头子希特勒就出生在这里。
③ 指这里没有法西斯集中营。

# 我是剑，也是火焰

[苏联] 斯基塔列茨　岳凤麟 译

斯基塔列茨（1869-1941） 本名斯捷潘·加夫里洛维奇·彼得洛夫，斯基塔列茨为其笔名。俄罗斯诗人、小说家。曾于1922年侨居哈尔滨，1934年返回苏联。

我是剑，也是火焰！
在黑暗里我把你照亮。
在你的胸膛里，我燃烧起祈求与希望，
当战斗的时刻来临——
我奋战在前方！

战友们惨白的尸体，
冻僵在我的身旁。
鲜血像河水一般在流淌，
但，唯其如此，我们胜利有望！
是的——我们胜利有望！
虽然我的战友们已阵亡……

我们将他们收殓安放……
当安魂的乐曲飘荡——
雄壮的歌声
就会与它一起回响……
但，我们切不可纵情于
欢乐和忧伤：

听，军号声又吹响！

所有幸存者将与万恶的仇敌血战一场！

我是剑，也是火焰！

# 誓言（外四首）

[苏联] 安娜·阿赫玛托娃　王守仁　黎华 译

安娜·阿赫玛托娃（1889–1966） 俄国白银时代的主要代表人物，苏联时代诗人。战争期间，她目睹了德国法西斯的野蛮罪行，激起她满腔仇恨，创作了许多格调高昂的爱国主义诗篇，1941 年 7 月创作的著名诗篇《誓言》传遍苏联。

愿今日同恋人告别的姑娘
也把悲痛作为力量。
我们对孩子们、对坟墓起誓：
谁也无法迫使我们屈膝投降！

## 勇敢

我们知道，如今什么东西最可贵，
我们知道，什么事情发生在今晨。
我们的时钟敲响了勇敢战斗的时辰，
勇敢决不会离开我们。
枪林弹雨之下我们不怕牺牲，
无家可归也在所不惜，

我们要让你永世长存，俄罗斯语言——
伟大的俄罗斯话语。
我们要保持你的自由与纯洁，
我们要拯救你免遭扼杀，
赐给子孙后代，永远流传下去！

## “花园里避弹坑已经挖好”

一

花园里避弹坑已经挖好，
严禁灯光。
彼得城的孤儿们，
我的孩子哟！
地洞里呼吸困难，
太阳穴突突跳痛，
透过狂轰滥炸隐隐可闻
儿童那细微的呼声。

二

用小拳头敲敲——我就会开门。

我一向是这样给你把门打开。

我现在在高山那方，

在刮风和酷热的荒漠远方，

但我永远不会把你出卖……

我没有听到你的呻吟。

你不曾向我乞求过面包。

请给我带来一根槭树枝儿

或者干脆带来几根绿色的草茎，

如同你去年春天带来的那样。

还请给我带来一小捧

我们涅瓦河那纯净、冰冷的水，

从你金发闪烁的小脸上

我要洗去残留的血迹。

## “而你们，我的响应最后号召的朋友”

而你们，我的响应最后号召的朋友！

为了痛悼你们的阵亡，才留给我生命。

为你们亡灵上摇曳的垂柳不会冷漠，

整个世界都会传遍你们全体的英名。

啊，提什么英名！

须知反正一样——你们与我们同在……

全都英勇无畏，全体！

赤红色的火光迸射!

列宁格勒人重新列队通过弥漫的硝烟——

生者同死者一起:

对荣誉来说，没有死者!

## 追念亡友

胜利之日轻笼着柔情薄雾，

朝霞赤红如同一片火光，

在无名战士墓旁，仿佛寡妇

姗姗来迟的春天默默奔忙。

她跪着双膝不急于站起，

吹醒幼芽，抚摩青草，

让蝴蝶从肩头飞向草地，

让第一枝蒲公英绽开羽毛。

# 喀秋莎

[苏联]米哈依尔·瓦西里耶维奇·伊萨柯夫斯基　寒柏 译

米哈依尔·瓦西里耶维奇·伊萨柯夫斯基（1900–1973）抒情诗人。卫国战争时期，他的许多脍炙人口的抒情诗被作曲家谱成歌曲，广为传唱。1943年和1949年，他因《喀秋莎》、《有谁知道他》、《诗与歌》等作品，两次荣获斯大林奖。

正当梨花开遍了天涯，
河上飘着柔曼的轻纱；
喀秋莎站在峻峭的岸上，
歌声好像明媚的春光。

姑娘唱着美妙的歌曲，
她在歌唱草原的雄鹰，
她在歌唱心爱的人儿，
她还藏着爱人的书信。

啊，这歌声，姑娘的歌声，
跟着光明的太阳飞去吧！
去向远方边疆的战士，
把喀秋莎问候转达。

驻守边疆年轻的战士，
心中怀念遥远的姑娘；
勇敢战斗保卫祖国，
喀秋莎爱情永远属于他。

# 给爱人

[苏联] 穆萨·穆斯塔福维奇·嘉里尔　苏杭 译

穆萨·穆斯塔福维奇·嘉里尔（1906–1944）卫国战争期间，他被派往前线，于1942年受重伤被俘，1944年在柏林被法西斯杀害。诗人也于1956年被追认为苏联英雄。

也许，几年收不到我一封家书，
也听不到我的音讯。
我的足迹将被尘土掩盖，
我的道路上将会野草丛生。

也许，我穿着黑色的衣裳，
突然悲哀地闯进你的梦境。
时间的无情的浪涛，
将会冲淡我吻别你的一瞬。

期待是一副千斤重担，
它苦苦地折磨着你，
它要你相信："他已不在人世"，
好像命中早就这样注定。

你的爱情将会消逝，
而我的爱情，也许会胜过一切！
突然有一天，我会完全
从你的记忆中消失。

就在这短短的一刻，
当我从你的心中消失的时候，
死神也许就会获胜，
阻断我的归程。

当你等待我的时候，我是这样坚强——
在战斗中，死神没能夺走我的生命：
你的爱情是一道神奇的护符，
在征战中保卫了我的头颅。

我倒下了。但在战争中
我没有玷污“我要战胜”的誓言。
要知道，我若不是胜利归来，
你是不会向我道声“谢谢”。

战士的道路曲折而又漫长，
亲爱的！等着我吧，爱我吧，
我会回来的：你的爱情
是把我从水火中救出的保证。

# 旗

[苏联] 康斯坦丁·米哈依洛维奇·西蒙诺夫　许贤绪 译

康斯坦丁·米哈依洛维奇·西蒙诺夫（1915−1980） 第二次世界大战期间，任《红星报》记者，以后一直从事战争题材文学创作，六次获得斯大林奖及列宁奖。

旗不能点燃香烟。

开玩笑也不能在旗的下面

和旗的旁边。

也不用去补——如果旗被子弹打穿。

打穿了的旗不会流出血来，

用不着为它裹上绷带！

旗要流血，

当

它被抛弃在地。

而在抢救伤员时，

用它包裹

赤裸汗湿的身体，

旗不会

生气。

它不怕

自己身上留下血迹。

血——不是脏东西。

而被打死的人，

如果确实是英雄，

可以用旗

暂时遮蔽。

永久地盖着

它却不允许。

因为活着的人

需要旗……

# 方尖碑

[苏联]米哈依尔·库兹米奇·卢科宁　吴克礼 译

米哈依尔·库兹米奇·卢科宁（1918–1976） 卢科宁曾参加苏芬战争和卫国战争，是苏联“战争一代”诗人中公认的“排头兵”。

你们以为，我不在人世，

已经不和你们在一起？

你，妈妈，为我伤心、抽泣。

而你们感到悲痛、难受。

你们用铿锵有力的词句谈论着我的事迹。

如果你们也已经忘记……

那么请你们原谅。

是的。这一切全是我的经历。

我记得，是我的经历。

一颗重型的爆破枪弹

把我撂倒在地。

但是在大地上

我岿然屹立在这里。

不过我不能回家。

原谅我，妈妈，

这里是我永久的岗位，

我不能擅自离去。

我的任务是守卫高地，

这块保卫世界人民的高地。

如果我离开岗位或者放松警惕——
你们可以想象，
地球上又会灾祸突起！
是的，只要我离开岗位——
他们的就会号叫着蜂拥而来，
他们会一路烧杀掠夺，
像在那硝烟弥漫的年代，
从我身旁
呼啸而过，
就在此地，
把无辜的人民杀害。
他们会用沾满鲜血的手指
倒拨本世纪的所有指针。
拨回到——
你们，幼儿园花朵，出生之前的年代，
一小时又一小时地倒拨——
拨回到伏尔加河水电站建成前很久的年代。
一年又一年地倒拨——
拨回到斯大林格勒城下的岁月。
拨回到
伏尔加河上烽火连天的岁月。
拨回到
四十年代，那第一次战斗，
战火燃烧在明斯克城郊的原野，
第一次灼热的枪伤
四一年……

不，

当时我在战斗中倒下时，满怀信心，

时间的风必将在方尖碑上空飞越。

说我牺牲，说我阵亡——

这些说法是多么荒唐。

你们在追悼会上的哭声对我是一种侮辱。

如果威胁生命的时刻重新来到，

我这个不死的战士

要再次迎战，

重新奔赴战场！

祖国啊，我们这样的人遍布四方，是的，遍布四方。

我们，是阳光普照的整个大地。

我和你们在一起。

我的上空回响着我的凯歌。

至于我不能回家，

请你原谅，妈妈。

# 朋友的声音

## ——纪念诗人米哈伊尔·库尔契茨基[1]

[苏联]鲍利斯·阿勃拉莫维奇·斯鲁茨基　顾柏林 译

鲍利斯·阿勃拉莫维奇·斯鲁茨基（1919-　）1941年毕业于高尔基文学院，随即参加卫国战争。他的不少诗都是以战争为题材，抒情主人公为誓死保卫祖国的普通战士。《朋友的声音》是他的代表作。

让我们在打架之后，

再挥一挥拳头。

过去不光是有酒有肉，

让我们吃饱喝够。

不，为我们规定过期限，

准备上战场，

我的伙伴们

上前线去打仗。

如今这一切显得多么愚蠢，

这一切听起来多么稀奇，

在五个邻近的国家里

掩埋着我们的尸体。

中尉们的墓碑，

那些用三夹板钉成的木牌，

就是那些天才的归宿，

就是那些神话的结局。

为了我们个人的命运，

为了我们大家的荣誉，

为了我们苦苦摸索

觅到的绝妙的诗句，

为了没有被我们玷污的

我们的事业，

让我们已经死掉的人

为活着的人们的健康干杯！

---

① 米哈依尔·库尔契茨基（1919–1943），苏联“战争一代”诗人，死于前线。

# “这里的死者在把活人捍卫……”

[苏联]谢尔盖·谢尔盖耶维奇·纳罗夫恰托夫　冯玉律 译

谢尔盖·谢尔盖耶维奇·纳罗夫恰托夫（1919–1981）诗人，1940年创作的《“这里的死者在把活人捍卫……”》是“战争一代”诗人写的“战壕真实”的代表作之一。

这里的死者在把活人捍卫！
阴郁凄凉，但决不气馁，
我们用战友的尸体筑成堡垒，
以死亡反抗死亡，针锋相对。

在战友的尸体后面，躲开子弹，
我想到自己的结局，并不悲哀：
也许伙伴们也会用我的遗骸，
筑成牢固的胸墙，把敌人击败。

枪支靠着我的身躯，那有多好，
我纹丝不动，让战友瞄准、射击……
谁说我们已经尽了职责，看吧……
我们虽然阵亡，但还在服役！

# 石头

[苏联] 尤利 · 沃隆诺夫　乌兰汗 译

尤利 · 沃隆诺夫（1929－ ）诗人，以写列宁格勒围城中生活和斗争而闻名于世，其“啊，石头啊！愿你们像人民一样坚强！”的诗句被刻在列宁格勒（今圣彼得堡）的一堵墙上。

一封封来信对我说：
“愿你们像花岗岩一般坚强……”
可是记忆啊，记忆却没能
把这句话储藏。

并不是因为这句话
说过多少遍。
并不是因为这个比拟
已经用滥。
有时，
秋草映入眼帘，
酷似
春满花园。
并不是因为——
这话没有生机，
其实，没有比这儿
更需要这话的地方！
但，石雕的雄狮，
盖起高楼的大理石，

涅瓦河畔的花岗墙，

倘若没有人的力量，

都不会把头颅伸向太阳……

啊，石头啊！

愿你们像人民一样坚强！

# 归来

[苏联] 尤里·波利卡尔波维奇·库兹涅佐夫　廖鸿钧 译

尤里·波利卡尔波维奇·库兹涅佐夫（1941– ）当代诗人。他最受好评的战争题材诗，是“战争一代”诗人和“孤儿一代”诗人的战争题材诗的继续。

父亲在前进，父亲在安然地前进，
通过布雷区，
化成了一团腾空的浓烟——
既没有坟墓，也没有痛苦。

妈妈，妈妈，战争不会放他回来……
你别老是望着大路。
一股旋转着的尘柱
穿过田野滚到门边。

尘埃中仿佛有人在挥手，
眼睛还在闪闪发光。
那些来自前方的明信片——
在箱子底下微微打战。

每次，当母亲把他等待，
总有一团旋转着的尘柱
穿过旷野，越过田地，
阴森森、孤单单地到处踯躅。

# 哦，哭泣的孩子们的夜晚（外一首）

[瑞典]内莉·萨克斯　钱春绮 译

内莉·萨克斯（1891–1970）生于柏林的一个犹太工厂主之家，早年爱好文学及音乐。1966年，萨克斯和以色列作家阿格农同获诺贝尔文学奖，理由是“由于她卓越的抒情诗篇和剧作以感人的力量表述了犹太人的命运”。

哦，哭泣的孩子们的夜晚！
打上死亡记号的孩子们的夜晚！
再没有通往睡乡的入口。
可怕的女看守们
代替母亲们来了，
她们把诡诈的死亡夹紧在双手肌肉里，
她们把死亡撒在墙上和梁上——
到处，恐怖之巢里都在孵着什么。
喂哺小孩们的，不是母乳，而是恐惧。

昨天，母亲们还像
白色的月亮一样带来睡眠，
这个孩子手里拿到
面颊被吻得失去红色的玩具娃娃，
另一个孩子手里拿到
剥制动物标本，它由于
受到抚爱，已变得栩栩如生，

而现在，却吹来死亡之风，

吹得衬衣在那

不会再有人给他们梳理的头发上飘动。

## 石块的合唱

陈黎　张芬龄 译

我们这群石块

举起我们

就等于举起过去

举起我们

就等于举起伊甸园

举起我们

就等于举起亚当和夏娃的智慧

以及毒蛇吞噬尘土的诱惑

举起我们

就等于将数百万的记忆高举于手中

那些不会像黄昏在血泊中消失的

记忆

因为我们是纪念碑
拥抱所有临死之人

我们是充满生命力的书包
举起我们就等于举起了大地坚硬的坟墓
你们雅各[①]的头啊
为了你们，我们埋葬了梦的源头
并且让天使的梯子
像常青藤的卷须一样喷涌

抚摩我们
就等于抚摩了哭墙
你的忧伤像一颗钻石切割我们的坚硬
直到它粉碎成一颗温柔的心
而你却成了石块
抚摩我们
就等于抚摩那响着生死之音的
午夜的岔路

将我们丢出
就等于将伊甸园丢出
群星之酒
爱人的眼睛以及一切背叛

愤怒地将我们丢出
就等于将千万年破碎的心以及

温柔的蝴蝶丢出

小心，小心

当你愤怒地丢出石头

呼吸一度输送我们的混合体

它们秘密地硬化

但可以因吻而复苏

---

① 雅各以石头为枕在梦中见到了登天的梯子。见《旧约·创世纪》。

# 迎接和平

## ——为巴塞尔电台庆祝停战而作

[瑞士] 赫尔曼·黑塞　张佩芬 译

赫尔曼·黑塞（1877–1962）生于德国符腾堡州卡尔夫市的一个牧师之家。1936 年获凯勒奖，1946 年获诺贝尔文学奖和歌德奖。黑塞对中国古代文化很有研究，对老庄哲学也有较深的理解。他的名篇《迎接和平》反映出诗人痛恨战争，拥护和平。

从憎恨的梦和血腥的雾中惊醒，
战场的火光和死亡的喧嚣，
还震得人耳聋眼瞎，
疲倦的战士们，
业已习惯一切恐怖，
现在可以放下武器，
告别他们可怕的生涯。

这个声音是“和平！”
听着像神话，像儿童的梦。
“和平！”人们的心啊，
不敢欢笑，反倒想流泪。

他们可怜的人类，
能够成为好人，也能成为恶人，
可能成为野兽，可能是神道！
但是痛苦和羞耻，

今天却压倒了我们!

但是我们满怀希望。
我们的胸膛炽烈沸腾,
预感到爱的奇迹。
弟兄们,大家归来吧,
回归精神和爱的故乡,
一切失去的天堂乐园,
已全都敞开大门。

要求吧,希望吧,爱吧!
世界又重新属于你们。

# 战俘营，1940

## ——赠阿布杜莱·利[①]

[塞内加尔] 雷奥波尔特·塞特尔·桑戈尔　曹松豪 吴奈 译

---

雷奥波尔特·塞特尔·桑戈尔（1906-2001）塞内加尔诗人，文艺批评家、政治家。1960 年，塞内加尔独立，他当选为共和国第一任总统。

旋风突如其来，一晚上就把订婚的花园洗劫一空

白色的丁香被吹倒在地，馥郁的铃兰凋零如泥

未婚妻们已动身去微风荡漾的群岛和南河地区

失败的叫喊越过了这片凉爽的、充满美酒和歌声的国土

犹如一把雷电般的利剑从东到西，刺透了它的心脏

这里是一个用泥土和树枝建成的大村落，两条臭水沟像十字架一样从村落中穿过

昏沉沉的炎夏里酝酿着仇恨和饥饿

这里是一个被凝结着恶意的铁丝网环绕的大村落

一个被四架多疑的机关枪实行暴政的大村落

高贵的兵士们在乞求半截烟头

在同狗争抢骨头，连梦中也都是冤家对头

但是，只有他们保存着天真的笑声，也只有他们保存着火一般灵魂的自由

暮色降临，仿佛是一声声释放黑夜的血的啜泣

他们守护着玫瑰红的大孩子，他们金黄色头发的大孩子白肤色的大孩子

忧虑像跳蚤一样，被俘像虱子一样，咬得这些孩子辗转反侧不

能成眠

他们在非洲的傍晚讲着故事，催孩子们入睡，低沉的声音沿着寂静的小径传去

轻轻地哼着催眠曲，既没有达姆鼓的伴奏，也没有黑手的拍击

——史诗般的幻景将在明天午睡时出现

太阳将驰骋在白茫茫的热带草原上，驰骋在浩瀚无边的沙漠里

而今，轻风是林中的吉他，铁丝网的旋律比琴声还要动听

屋顶弯着腰聆听，星星微笑着，眨着毫无睡意的眼睛

——天上天上，它们的脸又蓝又黑

在这个用泥土和树枝建成的村落里，空气变得温和了

大地变得像哨兵一样人道，道路要他们奔向自由

他们将不离开。他们既不逃避苦役，也不逃避快乐的义务

除了这些天生的高贵者以外，谁会服这种可耻的劳役？

谁会在星期天，在饭盆的鼓点伴奏下手舞足蹈？

难道他们不是摆脱了命运的束缚，自由自在吗？

旋风突如其来，一晚上就把订婚的花园洗劫一空

白色的丁香被吹倒在地，馥郁的铃兰凋零如泥

未婚妻们已动身去微风荡漾的群岛和南河地区

---

① 阿布杜莱·利是诗人的朋友。

# 雨，还在下

## （1940年通宵达旦的突袭）

[英国]伊迪斯·西特韦尔　郑敏 译

伊迪斯·西特韦尔（1887–1964）诗人，文学批评家。《雨，还在下》被评论家称为英国“二战”中所有诗歌中最动人、最值得玩味的诗篇。

雨，还在下——
黝黑像人世，阴暗如同我们的损失——
瞎了眼，像那十字架上
一千九百四十颗钉子。

雨，还在下——
发出心跳的声音，又变成
铁锤敲打
在那“陶器匠的场地”上，还有
那圣墓上不虔诚的脚步；
雨，还在下
落在“血腥地”上，那儿渺小的希望
在生育，而人们的头脑
培育着贪婪，那该隐额头里的蛀虫。

雨，还在下——
落在那十字架上挨饿的人的脚上
耶稣，他日夜钉在那儿，宽恕我们——
宽恕戴夫斯和拉撒路：

在雨里脓疮和黄金是一体。

雨，还在下——
血，还在流，从挨饿人受伤的肋骨；
他在心灵里担负着一切创伤，
那些发过光又死了的，那最后微弱的火花
在那自我谋杀者的心里，那可悲的，不通情理的。

黑暗的伤疤，那被诱捕到的大熊的伤口，
那瞎了的、哭泣的大熊，它的主人
鞭打着它可怜的肉躯，
那被狩猎者捉到的野兔的泪水。

雨，还在下——
啊，我将跃向我的上帝：谁把我拉下来？
瞧，瞧耶稣的血流在天空：
从那被我们钉在架上的额角流出，
深深流入垂死者，流入干渴的心，
那藏着世间火花的心——为痛苦所染黑
像恺撒的桂冠。

而后，有一个人发话了，他
像人们的心，一度是孩童。睡在群兽中——
"我仍然爱，仍然发出天真的光——我的血——为了你。"

# 拒绝哀悼死于伦敦大火中的孩子（外一首）

[英国] 狄兰·托马斯　海岸　傅浩　鲁萌 译

狄兰·托马斯（1914–1953）当代英国诗人。他以《那只签署文件的手》等诗谴责对德意法西斯主义的“绥靖政策”。第二次世界大战给他留下了极其深刻的印象，让他写下了一系列有关这场战争的诗。

除非创造人类
生养鸟兽花木
君临万物的黑暗
默默宣告最后一缕光明的闪现
而寂静的时辰
来自轭下汹涌澎湃的大海

而我必须再一次走进
水珠圆润的天庭
和玉蜀黍穗的犹太教堂
我才会允许声音的影子祈祷
或是服丧的峡谷里
播撒我苦涩的种子去哀悼

这个孩子高贵而壮烈的死亡
我不会以一个严峻的真理
去谋杀她离别的人类

也不会再让天真

和青春的挽歌

亵渎生命呼吸的驿站

伦敦的女儿葬在深埋先辈的地方

众多的亲友替她裹身着衣

年久的谷物，母亲忧郁的心绪

为奔腾不息的泰晤士河冷漠的

河水无情地吞没

第一次死亡之后，再也没有死亡

## 那只签署文件的手

那只签署文件的手毁灭了一座城市；

五根至高无上的手指扼杀生机，

死者的世界成倍扩大，国土分裂；

这五个王置一个王于死地。

那只强权的手伸向倾斜的臂膀，

指关节僵直钙化成灰；

一支鹅毛笔结束了一场谋杀，

结束了一次谈话。

那只签署条约的手孕育了一场热病；
饥荒蔓延，蝗虫四起；
伟大是那只统治人类的手
签下一个潦草的名字。

这五个王清点死者，但不抚慰
结痂的伤口也不抚摸额头；
一只手统治怜悯，一只手统治天国；
两手无泪可流。

# 保卫群岛

[ 美国 ]T.S. 艾略特　裘小龙 译

T.S. 艾略特（1888–1965） 生于美国，后移居英国。是极有影响的现代派诗人、评论家和剧作家，开创现代英美诗歌一代诗风。1948 年，由于他“对当代诗歌作出卓越贡献和所起的先锋作用”而获诺贝尔文学奖。《保卫群岛》写于 1941 年，正值英军敦刻尔克大撤退期间。

让那些纪念物——巨大的石块、音乐的
永恒的器具，数个世纪以来大地的
细心耕耘，和英国的诗歌——建成的纪念物
和这次保卫群岛的纪念
紧紧连接在一起

纪念着那些人：他们被指派去登上灰色的
船只——战舰、商船、拖轮——
为在海面上，用英国的骸骨
铺出人行道，做他们的贡献
纪念着那些人：他们在与死亡最新式的
赌博中，在天空、火光中与黑暗的力量交战

纪念着那些人：他们紧随着他们在
佛兰德和法兰西的祖先，败役中不败
凯旋中不骄，除了今天的武器之外
和他们的前人一模一样

纪念着那些人：对于他们，光荣之路
就是英国的大街小巷
向我们的血液和我们语言的
过去的和将来的一代说，我们进入了
我们的阵地，我们遵守了命令

# 献给殉国的中国兵士

[英国] 温斯坦・休・奥登

温斯坦・休・奥登（1907-1973）出生于英格兰约克郡一个名医之家，15 岁开始写诗，第二次世界大战时期以记者身份来到中国，写诗反映中国抗日战争。

远离了文明的中心，他完成了使命，
他的长官和他的虱蚤便将他放弃；
在棉被窝里面
他合上了他的眼皮。
冥然的长逝。
当这一次伟大的战争，
将来编成书籍，
他也不会被人提及，
他的脑里并没有带走什么资料；
他的笑话陈旧，做人像打仗般枯燥。
他的名字和他的容貌将永远消失。
啊，欧罗巴的教授们，主妇们，平民们!
请向这一青年致敬。你们的记者
并没有注意当他在中华变成了尘埃，
从此他的土地被你们的儿女钟情；
从此他不再在狗跟前受侮辱；
从此有山有水有房屋的地方，也有了人。

原载《抗战文艺》第一卷第九期，1938 年

# 安妮之家[1]

[英国] 安德鲁·莫申　马永波 译

安德鲁·莫申（1952- ）生于伦敦，毕业于牛津大学学院。1981 年获阿冯 / 观察家诗歌奖，1987 年获萨姆塞特·毛姆奖和狄兰·托马斯奖。1999 年被授予“桂冠诗人”称号。

即使现在，在这个地方她一生中两次
经历悲伤与愤恨之后，无论谁来
爬上这些狭窄的楼梯，发现
书架怎样滑向一边，然后穿过阴影
进入阳光照亮的房间，也毫无作用
只能再次打破她的秘密。倾听
就是一种罪过。西教堂[2]在外面
重复自己，仿佛所有时代都围绕
她的恐惧运转，并使每一次努力
都死在戒严的街上。想象——
那低语、孤独的三年
日复一日，在欧洲用一支黄粉笔
画着同盟阵线。她拥有的
平凡的爱和兴趣
使她在此处生存，床上展开着

她家人的照片；一些演员
被伊丽莎白女王选中的时尚
而那些俯身观看它们的人发现

不仅忍耐，而且一个得到我这样机会的

持久愿望，也丧失了回报

只有像我一样简单地离开

走上夫妇们闲逛的

有成排灰扑扑树木的林荫大道

或者观察一艘驳船静悄悄地到来

消除众桥安置在蓝色运河中的影像

---

① 安妮·弗兰克是出生于德国的犹太少女，十五岁时被纳粹在集中营中迫害而死。在与家人躲避纳粹党时，她就躲在这间小屋的密室里，将当时的一点一滴以日记记录下来，成为现今拥有 50 多个国家译本的《安妮日记》。

② 阿姆斯特丹一教堂，其塔高 85 英尺，上塔可一览阿姆斯特丹全景。

# 哪怕我们必死①

[美国] 克劳德·麦开　赵毅衡 译

克劳德·麦开（1880–1948）出生于加勒比地区牙买加一个黑人农民家庭，曾做过木匠和警察，1920 年出版的《新罕布什尔之春》，尤其是 1922 年的诗合集《哈莱姆的孤影》，唱出了美国大城市中黑人群众的痛苦、愤怒和反抗的意志，受到热烈欢迎。因此，在美国黑人文学史上，他拥有不可替代的独特地位。

哪怕我们必死，也别死得像猪，
被兜捕到肮脏地方关入栏圈，
疯狂的狗围着我们乱吠狂呼，
把我们悲剧的命运当作笑谈。
哪怕我们必死，也要死得高贵，
这样我们宝贵的血就不至于
白白流失；甚至我们抵抗的恶鬼
也得被迫对我们的死表示敬意。
啊，同胞们！我们必须共同抗敌！
尽管众寡悬殊，也要现出勇气，
挨打千次，也要回敬致命的一击！
即使面前是坟墓又有何关系！
面对残暴又胆怯的匪徒，像男子汉
退到墙根，即将死去，也继续作战！

① 这是麦开最为人传诵的一首诗，曾被丘吉尔在向英国议会报告敦刻尔克大撤退时引用，成为反法西斯的战斗口号。但麦开写作此诗的原意，是为纪念 1919 年黑人暴动。

# 怒吼吧，中国！

[美国] 兰斯敦 · 休斯　赵毅衡 译

兰斯敦·休斯（1902–1967）现代美国黑人诗人，被称为“哈莱姆的桂冠诗人”。20 世纪 30 年代到过苏联、中国和内战中的西班牙，创作出许多支持各国人民斗争的诗歌，尤其对中国革命斗争表现了很高的热情。

怒吼吧，中国！

怒吼吧，东方的老狮子！

喷火吧，东方的黄龙，

你不能再忍受欺凌。

打远古起你从来不

窃取别人的东西。

沉睡的老野兽，

人们只知道你是精绘瓷器的人，

吟诗作赋的人，

制造焰火的人。

你对占领别人的土地

从来不感兴趣，

而他们想必认为

你对自己的土地也不在乎——

所以他们乘着炮舰来了，

建立租界

势力范围

公共租界

传教堂

银行

种族隔离的青年会。

他们用马六甲藤条打你，

要是你胆敢抬头——

他们就会砍掉你的脑袋。

甚至黄种人也来了，

抢走了白人

没能抓走的东西。

黄种人在闸北扔炸弹，

黄种人跟白人一样

在骂你：

狗！狗！狗！

狗苦力！

赤匪……下贱的赤匪！

狗苦力赤匪！

最后你再没地方

精绘瓷器，

吟诗作赋，

节日里无处放焰火。

最后你不再有宁静，

不再有安定。

总统、国王、天皇，

认为你的确是条狗，

他们每天踢你，

用广播，用电报，
用海港里的炮舰，
用马六甲藤鞭。
他们认为你是个驯服的狮子，
睡意惺忪的，好使唤的，驯顺的老狮子。
哈！哈！
哈哈哈……哈！
笑吧，上海码头做苦力的孩子，笑吧！
你不是驯顺的狮子！
笑吧，湘江群山中的红色将军，笑吧！
你不是驯顺的狮子！
笑吧，外国人开的工厂里的包身工，笑吧！
你不是驯顺的狮子！
笑吧——怒吼吧，中国！是喷火的时候了！
张开你的嘴，东方的老龙，
吞下扬子江里的炮舰，
吞下你天空中的外国飞机，
制造焰火的老技工，吞下子弹——
再朝敌人脸上吐一口自由的唾沫！
打断东方的锁链，
小苦力孩子！
打断东方的锁链，
红色的将军！
打断东方的锁链，
工厂中的包身工！
打碎租界地的铁门，

打碎传教堂虔诚的大门！

打碎种族隔离青年会的转门！

打败土地、面包和自由的敌人！

站起来怒吼，中国！

你明白你需要什么！

要获得这东西

只有自己动手取！

怒吼吧！中国！

# 乡愁

[美国] 卡尔·夏皮罗　赵毅衡 译

---

卡尔·夏皮罗（1913-2000）当代诗人，在第二次世界大战中因写战争诗而成名。并获普利策奖，被任命为美国国会图书馆诗歌顾问。

我的灵魂站在家中窗前。
而我在万里之外；
大海的死亡之声填满一天天，
痛苦的浪花、云、盐味。
让风吹吧，因为许多人将死去。

我自私的青春，我的烫金的书，
我的学问傲睨全街，
窗台上摆着盆花，也俯视一切，
花的生活自私而甜美。
让风吹吧，因为许多人将死去。
如今我黑夜她白天，我白天她黑夜，
我就这么起身、入睡；
太阳贴近着燃烧，星星降低高度，
时钟被从天上抓了下来①。
让风吹吧，因为许多人将死去。

的确，一枚针能使记忆流血，
一个世界能把内心炸裂，

向来不自由的脑壳和花朵
都送上空中，大开眼界。
让风吹吧，因为很多人都将死去。

笑声与痛苦携手，而心脏永远
步履沉重地在胸中撞击；
脸上出现线条褶皱，像地图，
泪水和潮水使眼睛充血。
让风吹吧，因为很多人都将死去。

① 夏皮罗写此诗时正在南太平洋作战。

# 安魂曲

[美国]兰达尔·贾雷尔　任光椿 译

兰达尔·贾雷尔（1914–1965）在第二次世界大战中，美国产生了一批“战争诗人”，贾雷尔是这些诗人的代表，有论者甚至认为他“实际上是能写出二次大战的唯一的诗人”。

由于战争他的后半生被断送了
这士兵丢下了他的家庭和机遇
他学会了为自由与国家而战
他长眠于此连同七个男子却只有六条腿
他会拾捡火绳洗涤餐具
躺下时像个孩子，骂起人来却像野兽一样顽皮
他们为他理了发，他的狗就像一头绵羊紧紧地跟在他身后
就好像他僵硬的肢体困乏了正要去休息

除非在梦里和遗信中记起，其他的都将忘却
他的生命就要被泥土覆盖，被埋进坟墓
而他那呆滞的被折磨的斑点好像一只苍蝇
在那历史的横躺着的无烟火药上停落

# 征服者

[ 美国 ]W.S. 默温　董继平　译

W.S. 默温（1927– ）　20 世纪美国诗人，“新超现实主义”诗歌流派的代表人物，曾经获得过国家图书奖和普利策奖，为当今在世的重要美国诗人之一。

当他们开始穿你的衣服
他们的梦就变得更像你的梦吗
他们看起来像谁

当他们开始用你的语言
他们说你所说的话吗
他们在你的话语中是谁

当他们开始花你的钱
他们需要你所需要的同样东西吗
或者改变那些东西吗

当他们皈依你的神
你知道他们对谁而祈祷吗
你知道谁在祈祷

你不该在那里吗

# 马

## ——献给一位广岛的幸存者

[美国] 菲利浦·莱文　佚名 译

菲利浦·莱文（1928–2015）　20世纪60年代后期成名的美国新进诗人。1980年，他的《灰烬：诗合集》获美国全国书评界奖。

他们谈到一匹活着的马，

赤裸着，没有皮肤，没有毛发，

没有眼睛和耳朵；这马在

寻找着马童的爱抚。

打死它，有人说，但是他们

让它继续撞在残损的

墙上，把它长长的颅骨

捣成浆。它找不到出路，

那里铁栏杆扭成一团

堵住大街，自行车变了形，

好似问号。

有些人逃走了，

有些人坐下。河流燃烧了

一整天，然后把黑夜

照亮，石头叹息，不久又

归于沉寂。而一个男人的

手的阴影进了一片

树叶。

那匹白色的马再也没有

回来。他们后来找到马童，
马童的背上有马蹄的印迹，
他呼唤的嘴巴张开，
但呼唤没有人听见。
他们又一次谈到那匹马
又一次，又一次；他们张着嘴，
像鱼张开鳃，在水上
被捕获。
山花从红土的墙上怒放出来，
他们说这里有一个新的生命。
青草从石头的缝隙里钻出，
犹如汗毛长出被震聋的耳朵。

那匹马再也不会回来。
那里从此再也没有马了。
我可以辨别出它们走路的样子，
它们品尝大地的某种寒冷，
在一次疯狂的舞蹈中
愤怒从它们的骨头中消逝。

# 爹爹①

[美国] 西尔维亚 · 普拉斯　赵毅衡 译

西尔维亚·普拉斯( 1932–1963 )　20 世纪 50 年代自白派诗人。虽然她在 30 岁时英年早逝，但她几本薄薄的诗集至今仍被人们赞赏。

你再不能这么做，再也不
你是黑色的鞋子
我像只脚，关在里面
苍白、可怜，受三十年苦
不敢打嚏，气不敢出

爹爹，我早该杀了你
我还没动手你就死去——
大理石般沉重，一袋子神灵
鬼一般的雕像，一个脚趾灰色
像弗里斯柯的海狗一样大

像奇异的大西洋上一个头颅
在那里海水把绿豆荚抛上蓝天
在美丽的瑙塞河外的海水里
从前我经常祈求你复生

Ach,du[2]

说德国话，住波兰城
那个被战争，战争，战争
的压路机碾平的小城
但这地名太普通[3]
我的波兰籍朋友

说有一两打之多
所以我从来不清楚
你住在哪里，到过何处
我从来没能跟你说话
舌头在嘴里卡住

在装铁刺的陷阱里卡住
Ich,ich,ich ,ich[4]
我从来说不出
我觉得每个德国人都是你
这语言太下流

像一架引擎，一架引擎
把我当犹太人一般发落
该去达豪、达斯威兹、倍尔森[5]的犹太人
我开始像犹太人一般谈吐
我满可以成为犹太人

提洛尔⑥的雪，维也纳的白啤酒
都不纯粹不真实
我的吉卜赛先祖，我的奇特命运
我的塔罗牌⑦，我的塔罗牌
我有几分像犹太人

我始终害怕你
你有空军，你有官腔
你修剪整齐的胡子
你的亚利安眼睛，透亮的蓝
装甲兵，装甲兵，啊，你——

不是上帝，而是一个卐字
如果漆黑，天空也无法穿过
每个女人都崇拜法西斯分子
脸上挂着长靴，野蛮的
野蛮的心，长在野兽身上，像你——

你站在黑板旁边，爹爹
我有你的一张照片
一条裂痕长在下巴上，而不是脚上⑧
但你依然是魔鬼，不比
那穿黑衣的人⑨差半分，那人

把我可爱的红心一咬两半
我十岁时他们埋葬了你
二十岁时我有死的意图
回到、回到、回到你的身边
哪怕你已成白骨

但他们把我从袋里拖出
用胶水把我粘住
此后我才知道该如何做
我给你做了一个雕塑
一个黑衣人，脸像《我的奋斗》

一个老虎凳和拇指夹的爱好者
我说我招供，我招供
因此，爹爹，我终于结束
黑色的电话线连根剪断
声音无法爬行通过

要是我杀一个人，就等于杀两个人——
那吸血鬼，他就是你
他吸我们的血已有一年
说明确些，已有七年
爹爹，你现在可以安息

你肥胖的黑心算盘打得太足
村民们从来就不喜欢你

他们踩在你身上跳舞

脚底是你，他们完全清楚

爹爹，爹爹，你这混蛋，我结束

---

① 普拉斯的父亲是波兰籍德国人，十五岁就随家移居美国，在波士顿教德语，攻昆虫学。普拉斯两岁时其父去世。关于此诗，普拉斯自注：“这首诗出自一个有恋父情结的女孩之口。她父亲死时她认为父亲是神。事实她父亲是个纳粹分子，而母亲很可能是犹太人，因此情况就复杂了。在女儿身上这两种压力结合而互不相让。”

② 德语：啊，你。

③ 普拉斯的父亲出生于波兰格拉波夫。

④ 德语：我，我，我，我。

⑤ 都是纳粹集中营。

⑥ 奥地利西部一城市。

⑦ 中世纪流行的一种算命用的纸牌。

⑧ 西方民间传说魔鬼的脚是裂趾的。

⑨ 看来这里普拉斯是指她的丈夫休斯。

# 大战

[美国]西米克　周伟驰 译

---

西米克（1938- ） 生于前南斯拉夫，当时正值纳粹德国占领东欧。其诗熔现实主义与超现实主义于一炉，语调中立，看似无感情，词语简单，里面隐含着深刻的意义和悲愤。

玛格丽特，在战争期间
我们玩战争。玩具士兵需求量大，
就是用黏土做成的那种。
铅做的呢，想来早已被化掉做了子弹。

你不会看到比那些黏土军团
更壮丽的东西了！我常常躺在地板上
一连几小时地紧盯着他们的眼睛。
我记得他们也惊讶地回过来盯着我。

他们必定感到奇怪，
僵直凝神地站着。
面前是一个庞大、不可捉摸的造物，
他的小胡子由奶水养育。

他们及时碎裂，要不我有意敲碎他们。
有电线在他们的四肢里，
在他们的胸膛里，但脑袋里什么也没有！
玛格丽特，真是这样。

脑袋里根本就是空的……

只有一只手臂，时不时地，一只长官的手臂，

挥着一把马刀砍砍杀杀

在我聋奶奶厨房的地板上。

# 九月一日（外一首）

[美国] 约瑟夫·布罗茨基　王希苏 译

约瑟夫·布罗茨基（1940-1996）生于俄罗斯彼得堡一个犹太人家庭，布罗茨基读遍俄国名诗，承继了古典主义优秀传统，并深受西方现代主义诗歌影响，成为“不断更新表现手法”的高手。1987 年，他以“醉心于发现”,“出神入化”,“如交响乐一般丰富”的诗篇和“为艺术英勇献身的精神”，荣获诺贝尔文学奖。

这天，名称简单：“九月一日”，
秋天的时光，儿童上学堂。
波兰边境，德国人竖起铁栅。
他们的坦克，宛如用手指
抹平巧克力糖上的锡纸。
碾平波兰枪骑兵。
摆上酒杯！
让我们干杯，为第一批列上
学校的点名簿般牺牲者
名单的枪骑兵。
再次听见
白桦在风中飒飒；死的树叶
筛落，降在没有孩子声音的
低矮屋顶上，像是落地的

波兰军帽。云朵低声爬过天空，
回避黄昏窗口那死亡的眼眸。

## 朱可夫之死

常晖 译

成排的孙辈，僵直伫立；
炮车、棺柩，无人骑的马。
风没有送来雄壮的俄军
号声，那哀婉的战号声。
华丽的服饰装扮了尸首：
叱咤风云的朱可夫驶向死亡之府。

一位能夷墙成齑粉的司令官，
他手持一把钝于敌人的剑。

伏尔加平原辉煌的成绩
使他如汉尼拔英名显赫，他的晚年
却如庞培，穷途末路，备受屈辱——
如贝利萨留，横遭诅咒，声名扫地。

究竟有多少战士们暗红的血，被他洒
在外国沙场？他可曾为之泪下？
垂暮之际，可曾忆起——
他们最终被裹在普通的白布里？
司令官默不作声。相见九泉
他会谈些什么？“我们曾为胜利而战。”

朱可夫的右臂，那曾加入
正义事业的右臂，将不再作战。
安息吧！俄国历史给予
功臣应有的一席之地，他们
勇敢地胜利穿越外国市镇
归途中却不免悚然战栗。

元帅！这些话语将为忘川吞没，
完全消逝，如士兵们粗糙的军靴。
但仍旧，请把这颂词，虽然不多，
带给那人，他不知用何妙计——这是实话

我直率地宣布——拯救了我们卷入战争的
祖国。鸣鼓！奏笛，声尖如雀音的横笛！

THE SOUND
OF THE WORLD

世界声音

70

纪念中国人民抗日战争
暨世界反法西斯战争胜利
70周年诗选

# 第2辑

## 中国自由诗

此辑收 81 位中国诗人的 121 首作品

一部分为 1949 年以前的诗人作品，计 56 位诗人 64 首诗

在诗选目录里标明“中国自由诗（一）”

一部分为当代诗人作品，计 25 位诗人 57 首诗

在诗选目录里标明“中国自由诗（二）”

# 义勇军进行曲

田汉

田汉（1898–1968）现代戏剧家，字寿昌，湖南长沙人。《义勇军进行曲》是田汉1935年为电通影片公司摄制的电影《风云儿女》主题歌写的歌词（聂耳谱曲）。整个抗战时期，《义勇军进行曲》成为中国人同敌人进行殊死斗争的号角和旗帜，凡是有中国人足迹的地方，都能听到这动人心魄的豪迈旋律。诗与歌与时代同行，成为中国人深层人格力量的释放与抒发。

起来！不愿做奴隶的人们！

把我们的血肉，

筑成我们新的长城！

中华民族到了最危险的时候，

每个人被迫着发出最后的吼声。

起来！起来！起来！

我们万众一心，

冒着敌人的炮火前进！

冒着敌人的炮火前进！

前进！前进！进！

——1935年电通影片公司摄制影片《风云儿女》主题歌歌词

# 松花江上

张寒晖

张寒晖（1902–1946）现代剧作家，河北定县人，曾任职于张学良的东北军政治部，1936年创作了著名歌曲《松花江上》（发表时署名佚名）。《松花江上》首句“我的家在东北松花江上”，摄人心魄，唱出了东北人民的深重灾难和打回老家去的强烈愿望，唱出了全国人民的心声，歌曲因而迅速在全国传唱。

我的家在东北松花江上，
那里有森林煤矿，
还有那满山遍野的大豆高粱。
我的家在东北松花江上，
那里有我的同胞，
还有那衰老的爹娘。
“九一八”，“九一八”，
从那个悲惨的时候，
“九一八”，“九一八”，
从那个悲惨的时候，
脱离了我的家乡，
抛弃那无尽的宝藏，
流浪！流浪！
整日价在关内，流浪！
哪年，哪月，
才能够回到我那可爱的故乡？
哪年，哪月，

才能够收回我那无尽的宝藏？

爹娘啊，爹娘啊！

什么时候，

才能欢聚在一堂？！

作于1936年

选自1981年3月人民音乐出版社《张寒晖歌曲选》

# 假使我们不去打仗

田间

田间（1916–1985） 现代诗人，原名童天鉴，安徽无为人。在民族面临覆没性灾难时，田间创作的街头诗《假使我们不去打仗》等诗作格调高昂激越，节奏急促明快，旋律回环往复，如进军的鼓点，召唤着人们奔赴战场，向侵略者讨还血债。田间曾被闻一多誉为“时代的鼓手”，被胡风称作“抗战诗人和民众诗人”。

假如我们不去打仗，

敌人用刺刀

杀死了我们，

还要用手指着我们骨头说：

“看，

这是奴隶！”

1938 年作

选自《延安文艺丛书·诗歌卷》，湖南人民出版社 1984 年版

# 我爱这土地（外一首）

艾青

艾青（1910–1996） 现代诗人，原名蒋海澄，浙江金华人。本诗中的名句“为什么我的眼里常含泪水 / 因为我对这土地爱得深沉……”言简而意远，是诗人对祖国、对人民火热挚情的真诚自白。忧郁的诗风成就了沉思的天才诗人艾青。

假如我是一只鸟，

我也应该用嘶哑的喉咙歌唱：

这被暴风雨所打击着的土地，

这永远汹涌着我们的悲愤的河流，

这无止息地吹刮着的激怒的风，

和那来自林间的无比温柔的黎明……

——然后我死了

连羽毛也腐烂在土地里面。

为什么我的眼里常含泪水？

因为我对这土地爱得深沉……

1938 年 11 月 17 日

选自《艾青诗选》，人民文学出版社

# 乞丐

在北方
乞丐徘徊在黄河的两岸
徘徊在铁道的两旁

在北方
乞丐用最使人厌烦的声音
呐喊着痛苦
说他们来自灾区
来自战地

饥饿是可怕的
它使年老的失去仁慈
年幼的学会憎恨

在北方
乞丐用固执的眼
凝视着你
看你在吃任何食物
和你用指甲剔牙齿的样子

在北方
乞丐伸着永不缩回的手

乌黑的手

要求施舍一个铜子

向任何人

甚至那掏不出一个铜子的兵士

1939 年，春，陇海道上。

选自《北方》，文化生活出版社 1942 年 1 月初版

# 好男要当兵

白崇禧

---

白崇禧( 1893–1966 ) 广西桂林人,抗日将领。《好男要当兵》用通俗的比喻，说明当兵“报国仇”的男人才是真正的男子汉。诗虽浅显，却很亲切。

桃树开花叶子青，莫说好子不当兵!

当兵才算是好子，好铁才能打好钉。

提起当兵莫要愁，喝杯甜酒醉心头!

甜酒解得心头苦，当兵才会报国仇。

月季花开朵朵香，好马要有好鞍装；

好女要配英雄汉，拿枪前去打强梁。

从前有个木兰姐，也曾代父去从军；

今朝也有英雄女，劝哥莫枉做男人!

月到初三月又弯，曾记当年打龙潭：

一到北伐成功日，钢军盛名天下传。

选自《抗战诗歌选》，正中书局 1941 年 2 月初版

# 游击队歌

贺绿汀

---

贺绿汀（1903-1999）现代音乐家，原名贺楷号，湖南邵阳人。贺绿汀的《游击队歌》以昂扬明快的旋律，唱出了游击队员乐观自信的精神岁月，成为抗战名曲。

一

我们都是神枪手，

每一颗子弹消灭一个仇敌，

我们都是飞行军，

哪怕那山高水又深！

在密密的树林里，

到处都安排同志们的宿营地，

在高高的山冈上，

有我们无数的好兄弟！

没有吃，

没有穿，

自有那敌人送上前，

没有枪，

没有炮，

敌人给我们造，

我们生长在这里，

每一寸土地都是我们自己的，

无论谁要强占去，
我们就和他拼到底。

二

哪怕日本强盗凶，
我们弟兄打起仗来真英勇！
哪怕敌人枪炮狠，
找不到我们的人和影，
让敌人横冲直撞，
我们的阵地建在敌人侧后方，
敌人战线越延长，
我们的队伍越扩张。

不分穷，
不分富，
四万万同胞齐武装！
不论党，
不论派，
大家都来抵抗！
我们愈打愈坚强，
日本的强盗一定走向灭亡，
看最后的胜利日，
世界的和平现曙光。

选自《新歌初集》，新知出版社 1941 年 5 月 30 日出版

# 军队进行曲

公木

---

公木（1910–1998） 现代诗人，原名张永年，后用名张松如，河北束鹿人。在解放区和中华人民共和国成立后，《军队进行曲》以其不可阻挡的气势，豪迈庄严的旋律，一直长期传唱。

向前，向前，向前！

我们的队伍向太阳。

脚踏着祖国的大地，

背负着民族的希望，

我们是一支不可战胜的力量。

我们是善战的健儿，

我们是民众的武器；

从无畏惧，

绝不屈服，

坚决抵抗，

直到把日寇逐出国境，

自由的旗帜高高飘扬！

听！风在呼啸军号响；

听！抗战歌声多响亮！

同志们整齐步伐奔向解放的战场；

同志们整齐步伐奔赴敌人的后方；

向前向前我们的队伍向太阳，

向华北的原野，

向塞外的山冈！

1939年秋  延安

选自《新歌手册》，新光音乐研究社1942年2月初版

# 亡国是可怕的

李金发

李金发（1900–1976）现代诗人，雕塑家，广东梅县人。《亡国是可怕的》以满腔的激愤，谴责侵略者带给中国人的可怕处境，启示人们只有反抗才是唯一生路。

几万万有血肉、有性灵的赤子啊！
你们难道不觉得，
一种死的恐怖、灭亡的威胁，
笼罩着扼制着我们?
没有一刻，我们能自由地呼吸，
没有一句话，能自由地宣说，
没有一年能愉快地度过，
好像我们是再不许在人间生存！
原来一个狠毒的恶魔，
正在吸收我们的血液，
无时不向我们张牙舞爪，
他吞食我们祖先遗留的福地，
屠杀走投无路的同胞，
驱使饥饿的兄弟作牛马；
不出百年这恶魔定使我们灭种，
祖先的田园庐墓，
便成为他的牧马草场，

几万方里的乐土，

将被他盘踞着，

自然地繁殖他的魔种！

遍地是魔足声相应和，

无数的人将在各处行其过度的鞠躬，

隆隆的飞机巨炮之音，

使地下冤死的人片刻不安，

不，那时我们的灵魂也被震碎，

骨屑也会给他作铺路的材料。

假如有少数生存华胄，

定被囚入动物园供其子孙凭吊，

或马戏场中献技作揖，

供他们欢笑，但鼻上必不忘

加上铁链，手脚必得加镣，

肌肤上必得文身，

到没有呼吸时候为止！

选自《抗战诗选》，战时文化出版社 1938 年 2 月初版

# 铁蹄下的歌女
## ——献给聂耳

许幸之

许幸之（1904–1991）现代诗人、剧作家、画家，江苏扬州人。《铁蹄下的歌女》是许幸之为聂耳作曲写的歌词，全诗如泣如诉，真切地表现了在铁蹄下歌女的悲惨命运。

我们到处卖唱，
我们到处献舞，
谁不知道国家将亡？
为什么被人当作商女？

为了饥寒交迫，
我们到处哀歌，
尝尽了人生的滋味，
舞女是永远地漂流。

谁甘心做别人的奴隶？
谁愿意让领土沦亡？
可怜是铁蹄下的歌女，
被鞭挞得遍体鳞伤。

选自1941年11月海石书店《诗歌时代》初版本

# 我用残损的手掌（外一首）

戴望舒

戴望舒（1905－1950）现代诗人、翻译家，原名戴梦鸥，浙江杭州人。戴望舒是中国象征派的代表诗人，《我用残损的手掌》表现了诗人对祖国的一片炽热真情。

我用残损的手掌
摸索这广大的土地：
这一角已变成灰烬，
那一角只是血和泥；
这一片湖该是我的家乡，
（春天，堤上繁花如锦障，
嫩柳枝折断有奇异的芬芳，）
我触到荇藻和水的微凉；
这长白山的雪峰冷到彻骨，
这黄河的水夹泥沙在指间滑出；
江南的水田，你当年新生的禾草
是那么细，那么软……现在只有蓬蒿；
岭南的荔枝花寂寞地憔悴，
尽那边，我蘸着南海没有渔船的苦水……
无形的手掌掠过无限的江山，
手指沾了血和灰，手掌沾了阴暗，
只有那辽远的一角依然完整，
温暖，明朗，坚固而蓬勃生春。
在那上面，我残损的手掌轻抚，

像恋人的柔发，婴孩手中乳。

我把全部的力量运在手掌

贴在上面，寄予爱和一切希望，

因为只有那里是太阳，是春，

将驱逐阴暗，带来苏生，

因为只有那里我们不像牲口一样活，

蝼蚁一样死……那里，永恒的中国！

一九四二年七月三日

选自诗集《灾难的岁月》

## 狱中题壁

如果我死在这里，

朋友啊，不要悲伤，

我会永远地生存

在你们的心上。

你们之中的一个死了，

在日本占领地的牢里，

他怀着的深深仇恨，

你们应该永远地记忆。

当你们回来，从泥土
掘起他伤损的肢体，
用你们胜利的欢呼
把他的灵魂高高扬起。

然后把他的白骨放在山峰，
曝着太阳，沐着飘风：
在那暗黑潮湿的土牢，
这曾是他唯一的美梦。

作于 1942 年 4 月 27 日

# 为祖国而歌（外二首）

陈辉

陈辉（1920–1944） 现代诗人，原名吴盛辉，湖南常德人。1939 年，陈辉到晋察冀抗日根据地工作，创作了许多反映敌后斗争生活的诗歌。陈辉的诗格调清新，洋溢着火热的战斗激情。诗人善于通过有特色的生活细节，引人入胜地展示人物的内心波澜，意在言外，耐人寻味。

我，
埋怨
我不是一个琴师。
祖国呵，
因为
我是属于你的
一个大手大脚的
劳动人民的儿子。

我深深地
深深地
爱你！

我呵，
却不能
像高唱马赛曲的歌手一样，
在火热的阳光下

在那巴黎公社战斗的街垒旁，

拨动六弦琴丝，

让它吐出

震动世界的，

人类的第一首

最美的歌曲，

作为我

对你的祝词。

我也不会

骑在牛背上，

弄着短笛。

也不会呵，

在八月的禾场上，

把竹箫举起，

轻轻地

轻轻地吹，

让箫声，

飘过泥墙，

落在河边的柳荫里。

然而，

当我抬起头来，

瞧见了你，

我的祖国的

那高蓝的天空，

那辽阔的原野，
那天边的白云
悠悠地飘过，
或是
那红色的小花，
笑眯眯地
从石缝里站起。
我的心呵，
多么兴奋，
有如我的家乡，
那苗族的女郎，
在明朗的八月之夜，
疯狂地跳在一个节拍上，
你搂着我的腰，
我吻着你的嘴，
而且唱：
——月儿呵，
亮光光……

我们的祖国呵，
我是属于你的，
一个紫黑色的
年轻的战士。

当我背起我的
那支陈旧的“老毛瑟”，

从平原走过，

望见了

敌人的黑色的炮楼，

和那炮楼上

飘扬的血腥的红膏药旗，

我的血呵，

它激荡，

有如关外

那积雪深深的草原里，

大风暴似的，

急驰而来的，

祖国的健儿们的铁骑……

祖国呵，

你以爱情的乳浆

养育了我；

而我，

也将以我的血肉，

守卫你呵！

也许明天，

我会倒下；

也许，

在砍杀之际，

敌人的枪尖

戳穿了我的肚皮；

也许吧，

我将无言地死在绞架上，

或者被敌人

投进狗场。

看呵，

那凶恶的狼狗，

磨着牙尖，

眼里吐出

绿色莹莹的光……

祖国呵，

在敌人的屠刀下，

我不会滴一滴眼泪，

我高笑，

因为呵，

我——

你的大手大脚的儿子，

你的守卫者，

他的生命，

给你留下了一首

无比崇高的“赞美词”。

我高歌，

祖国呵，

在埋着我的骨骼的黄土堆上，

也将有爱情的花儿生长。

1942 年 8 月 10 日，初稿于八渡

选自《晋察冀诗抄》，中国青年出版社 1984 年 10 月版

# 卖糕

——上哪儿去呀?

——卖糕去呀。

——带上吧，

到城里再散它……

卖糕的，

伸过油污的手，

接了过去

那一大卷

红红绿绿的小纸条。

（把它压在糕下面）

——卖糕啊，卖糕!

他，

挑着热烘烘的糕，

敲着锣，

在城里消失了

像一根火苗……

选自《诗垦地》丛刊第3辑，1942年4月出版

# 姑娘

三月的风，
吹着杏花。
杏花，
一瓣瓣地，
一瓣瓣地，
在飘，
在飘呀。

姑娘，
坐在井边，
转动了辘轳，
用眼睛
向哥哥说话……

——哥哥，
哪儿去呀？
哥哥，
笑了一笑，
背着土枪，
跑向响炮的地方去了。

杏花，

飘在姑娘的脸上。

姑娘，

鼓着小嘴巴，

在想：

这一声，

该是哥哥放的吧？

选自《诗垦地》丛刊第3辑，1942年4月出版

# 兵车向前方开

臧克家

臧克家（1905–2004）现代诗人，山东诸城县臧家庄人。臧克家诗歌创作内容丰富，艺术风格鲜明，这首诗是诗人抗战初期的作品，展现了当时全国人民共同抗日、一致赴敌的气氛。

耕破黑夜，

又驰去白日，

赴敌千里外，

挟一天风沙，

兵车向前方开。

兵车向前方开。

炮口在笑，

壮士在高歌，

风萧萧，

鬃鬃在风里飘。

1938 年 4 月 23 日赴汉口车中

选自《臧克家诗选》

# 高粱长起来吧（外一首）

魏巍

魏巍（1920–2008）现代作家，曾用别名红杨树，河南郑州人，抗战时期他的诗作虽然不多，却较为集中地表现了诗人独特的艺术个性。

（夏天来了战士们好像这样低唱着）

高粱长起来吧，
高粱长起来吧！
我们要去铁路东，
那大平原上逛一逛呀！

大平原，
一眼望不到边的
绿汪汪的海呵！

我们到那里去随便地逛逛，
背起我的小马枪，
把手榴弹别在腰里。
顺便到保定城也去逛逛吧！
好久不见的城，
好久不见的街道，

好久不见的生意呀！

跟好久不见的老乡
见一见面，我敢说
那儿的老头儿、小兄弟、姑娘们，
在合着嘴巴想我们哩！

呵呵，山呵，
不管你多少野花
都留不住我，
放过夏天，
就是我们游击队最好的年成呵！

高粱长起来吧……

1939 年 5 月写于易山县东山南村

选自《黎明风景》，人民文学出版社 1955 年版

## 蝈蝈，你喊起他们吧

战斗了一夜一早晨，战士呵，
用满挂露水的刺刀，
割一枝红酸枣吃下你便睡了！

睡得这样甜啊，

树影在你的军衣上绣起了花朵，

大红枣跳到子弹带上你也不知道。

螳螂，你这个勇敢美丽的昆虫，

也站在战士的脚上，触须轻轻舞动。

你可是在偷看他们的梦？

你可曾看见，在他们的梦里：

手榴弹开花是多么美丽，

战马奔回失去的故乡时怎样欢腾，

烧焦的土地上有多少蝴蝶又飞上花丛！

啊，蝈蝈，你喊起他们吧！

在升起笔直的青烟那边，

早饭已经熟了。

1941 年 9 月 24 日写于易县铁管沟门反“扫荡”中

选自《黎明风景》，人民文学出版社 1955 年版

# 在西北的路上

贺敬之

---

贺敬之（1924－ ）现代诗人，山东峄县人。《在西北的路上》是一首表现青年诗人内心激情之作。短诗留下了一代抗战青年怀着理想、奋勇向前的背影。

是不倦的

大草原的野马，

是有耐性的

沙漠上的骆驼。

四个，

在西北的路上，

在迷天的大风沙里。

山

那么险，

翻过！

风沙，

扬起我们的笑，

扬起我们的歌！

选自《七月》第6集第4期，1941年6月出版，署名艾漠

# 布谷初鸣（外三首）

李瑛

李瑛（1926－ ）河北丰润人。1949年北大毕业后参军做记者，后任解放军文艺出版社总编辑、社长，总政治部文化部部长等。1956年加入中国作家协会，历任中国作家协会理事及主席团委员、中国文联委员及副主席。作品获首届鲁迅文学奖、全国图书奖等多项奖。

夕阳铺起了暗淡的思绪，

向枯草探询昔日的故事；

城堡下有白骨诉说哀怨，

墙堞间涂满褪色的记忆。

血和泪叠着历史的册页，

砖垣上印着苦楚的图案；

聆一阵月落胡马的悲嘶，

怕明天会有凄楚的风雨。

1944年2月于唐山

## 在马房里

风在马房的铁顶上跳跃地响着，

响着，为奴隶而歌呢。

我也是一匹平凡的马，

我也吃干草和发霉的高粱。

汗腥的气息，粪尿的气息，

麻木了我的悲哀和喜悦。

仍然是无国的奴隶，

被人驱赶在贫瘠的山野。

夜里的马嘶是惊人梦的，

我梦见我横枪跃马而去了。

仿佛有人在喊我，不，不是，

主人的鞭子正落在我的腿上。

守着每一匹熟悉的马，

等待有一天将要来临。

屋顶上颤抖着蛛丝，

一把大火从这里烧起来吧！

风在马房外的草叶上响着，

响着，为奴隶而歌呢。

## 三月的歌唱

没有花开的春天
野草也长不出新芽
在霉烂的田野上
寒冷而尖峭的风
横扫着惨白的三月

抛一块石头给这个世界
折一根树枝抽打着
我歌唱——
春天，你快从死亡中醒来吧
比火更红的春天
比太阳更亮的春天

1945 年 3 月于天津

## 散步的夜

十二月袒着威严的胸脯，
露出残暴的肢体；
夜，携着呻吟和数不清的焦虑，

携着饥饿的人和他们家族冰冷的尸体，
散步在冻结了落叶的冰河上。

冷酷的冰河的倾斜面，
浮游着没落的荒城夜；
僵落了惨白的荒城夜，
雾之海，点点幽灵的影；
夜，散步在冻结了落叶的冰河上。

风，吹着尖厉的口哨，
那是凄厉的山野的嗥叫；
饥饿的难民开始流离了，
怀着悲愤、反抗和寻找；
夜，散步在冻结了落叶的冰河上。

无名的尸身挂在树枝间，
无数的尸体横在断桥下；
冷酷的夜完成残忍的工作，
狞笑地望着明天（他不知明天是什么样子）；
夜，散步在冻结了落叶的冰河上……

1944 年 12 月于唐山

选自《李瑛诗选》

# 榴花

冀汸

---

冀汸（1920－ ）现代诗人，原名陈性忠，笔名吉父、凌恒等，生于印度尼西亚爪哇岛，祖籍湖北天门。《榴花》以标枪上的璎珞、号角上的流苏、飘在天空的旗帜、小姑娘的圆脸作比，烘托出了一幅“血一样的鲜丽 / 火一般的亮”的壮丽景象，诗风激越、刚强、豪放，构思精巧，意蕴深邃。

血一样的鲜丽
火一般的亮
青枝与绿叶
有了战斗过来的骄傲
佩挂了英雄的勋章

和标枪上的璎珞比一比
和号角上的流苏比一比
和飘飞在天空的旗帜比一比
和小姑娘的圆脸比一比……
呵，你们都红得一样美丽

1942 年 5 月 11 日

选自《诗垦地》丛刊，1943 年 3 月 1 日出版

# 给死者

巴金

巴金（1904–2005） 现代作家，原名李芾甘，四川成都人。巴金主要从事小说创作，抗战时也偶有诗作发表。《给死者》表达了作家对牺牲者的无限崇敬。

我们再没有眼泪为你们流，
只有全量的赤血能洗尽我们的悔与羞；
我们更没有权利侮辱死者的光荣，
只有我们还须忍受更大的惨痛和苦辛。

我们曾夸耀为自由的人，
我们曾侈说勇敢与牺牲，
我们整日在危崖上酣睡，
一排枪，一片火，毁灭了我们的梦景。

烈火烧毁年青的生命，
铁蹄踏上和平的田庄，
血腥的风扫荡繁荣的城市，
留下——死、静寂和凄凉。

我们卑怯地在黑暗中垂泪，
在屈辱里寻求片刻的安宁。

六年前的尸骸在荒茔里腐烂了，
一排枪，一片火，又带走无数的生命。

“正义”沦亡在枪刺下，
“自由”被践踏如一张废纸，
侵略者在中国的土地上安排庆功宴，
无辜者的赤血喊叫着“复仇”！

是你们勇敢地从黑暗中叫出反抗的呼声，
是你们洒着血冒着敌人的枪弹前进：
“前进呵，我宁愿在战场作无头的厉鬼，
不要做一个屈辱的奴隶而偷生！”

我们不再把眼泪和叹息带到你们的墓前，
我们要用血和肉来响应你们的呐喊，
人们勇敢的战死者，静静地安息吧，
等我们最后一滴血洒在中国的平原。

选自《呐喊》第二期，又见《抗战诗选》，战时文化出版社 1938 年 2 月初版

# 为祖国而歌

胡风

---

胡风（1902–1985） 现代诗人、文艺理论家，原名张光人，笔名谷非、高荒、张果等，湖北蕲春人。《为祖国而歌》创作于抗日战争爆发之时。在这首诗里，诗人向受难的祖国呈现了自己炽热的心和一个诗人对于祖国的忠诚。

在黑暗里 在重压下 在侮辱中

苦痛着 呻吟着 挣扎着

是我的祖国

是我的受难的祖国！

在祖国

忍受着面色的痉挛

朝阳似的

绿草似的

生活含笑

祖国啊

你的儿女们

歌唱在你的大地上面

战斗在你的大地上面

喋血在你的大地上面

在卢沟桥

在南口

在黄浦江上

在敌人的铁蹄所到的一切地方

迎着枪声  炮声  炸弹的呼啸声——

祖国啊

为了你

为了你的勇敢的儿女们

为了明天

我要尽情地歌唱

用我的感激

我的悲愤

我的热泪

我的也许迸溅在你的土壤上的活血

和呼吸的喘促

以及茫茫的亚细亚的黑夜

如暴风雨下的树群

我们成长了

为了明天

为了抖去苦痛和侮辱的重载

人说：无用的笔啊

把它扔掉好啦

然而，祖国啊

就是当我拿着一把刀

或者一支枪

在丛山茂林中出没的时候

依然要尽情地歌唱

依然要倾听兄弟们的赤诚的歌唱——

迎着铁的风暴

火的风暴

血的风暴

歌唱出郁积在心头上的仇火

歌唱出郁积在心头上的真爱

也歌唱掉盘结在你古老的灵魂里的一切死渣和污秽

为了抖掉苦痛和侮辱的重载

为了胜利

为了自由而幸福的明天

为了你啊生我的 养我的 教给我什么是爱

什么是恨的 使我在爱里恨里苦痛的

辗转于苦痛里但依然能够

给我希望给我力量的我的受难的祖国！

写于1937年8月4日，遥见敌机轰炸的时候

选自诗集《为祖国而歌》

# 五月的鲜花

光未然

光未然（1913-2002） 原名张光年，湖北光化人（现湖北襄阳老河口市），现代诗人、文学评论家。

五月的鲜花开遍了原野，
鲜花掩盖着志士的鲜血。
为了挽救这垂危的民族，
他们曾顽强地抗战不歇。

如今的东北已沦亡了四年，
我们天天在痛苦中熬煎！
失掉自由也失掉了饭碗，
屈辱地忍受那无情的皮鞭！

敌人的铁蹄越过了长城，
中原大地依然歌舞升平；
“亲善”！“睦邻”！啊！卑污的投降！
忘掉了国家更忘掉了我们！

再也忍不住满腔的愤怒，
我们期待着这一声怒吼；
吼声惊起这不幸的一群，
被压迫者一齐挥动拳头！

（副歌）

震天的吼声惊起这不幸的一群，

被压迫者一齐挥动拳头！

1935年8月写于汉口

选自1960年5月作家出版社《五月花》

# 赞美

穆旦

穆旦（1918-1977） 现代诗人、文学翻译家，原名查良铮，原籍浙江宁海。穆旦是一位才华横溢的现代派诗人，《赞美》燃烧着诗人一颗赤子之心。在祖国最困难的日子里，诗人坚信一个民族已经起来。对民族、对生活的深刻理解，使他的诗具有海洋般的思想容量。

走不尽的山峦的起伏、河流和草原，
数不尽的密密的村庄、鸡鸣和狗吠，
接连在原始荒凉的亚洲土地上，
在野草的茫茫中呼啸着干燥的风，
在低压的暗云下唱着单调的东流的水，
在忧郁的森林里有无数埋藏的年代。
它们静静地和我拥抱：
说不尽的故事是说不尽的灾难，沉默的
是爱情，是在天空飞翔的鹰群，
是干枯的眼睛期待着泉涌的热泪，
当不移的灰色的行列在遥远的天际爬行；
我有太多的话语、太悠久的感情，
我要以荒凉的沙漠、坎坷的小路、骡子车，
我要以槽子船、漫山的野花、阴雨的天气，
我要以一切拥抱你，
你，我到处看见的人民呵，
在耻辱里生活的人民，佝偻的人民，

我要以带血的手和你们一一拥抱。
因为一个民族已经起来。

一个农夫，他粗糙的身躯移动在田野中，
他是一个女人的孩子、许多孩子的父亲，
多少朝代在他的身边升起又降落了
而把希望和失望压在他身上，
而他永远无言地跟在犁后旋转，
翻起同样的泥土融解过他祖先的，
是同样的受难的形象凝固在路旁。
在大路上多少次愉快的歌声流过去了，
多少次跟来的是临到他的忧患。
在大路上人们演说、叫嚣、欢快，
然而他没有，他只放下了古代的锄头，
再一次相信名词，融进了大众的爱，
坚定地，他看着自己融进死亡里，
而这样的路是无限的悠长的，
而他是不能够流泪的，
他没有流泪，因为一个民族已经起来。

在群山的包围里，在蔚蓝的天空下，
在春天和秋天经过他家园的时候，
在幽深的谷里隐着最含蓄的悲哀：
一个老妇期待着孩子，许多孩子期待着
饥饿，而又在饥饿里忍耐，
在路旁仍是那聚集着黑暗的茅屋，

一样的是不可知的恐惧，一样的是
大自然中那侵蚀着生活的泥土，
而他走去了从不回头诅咒。
为了他，我要拥抱每一个人，
为了他，我失去了拥抱的安慰，
因为他，我们是不能给以幸福的，
痛哭吧，让我们在他的身上痛哭吧，
因为一个民族已经起来。

一样的是这悠久的年代的风，
一样的是从这倾圮的屋檐下散开的
无尽的呻吟和寒冷，
它歌唱在一片枯槁的树顶上，
它吹过了荒芜的沼泽、芦苇和虫鸣，
一样的是这飞过的乌鸦的声音。
当我走过，站在路上踟蹰，
我踟蹰着为了多年耻辱的历史
仍在这广大的山河中等待，
等待着，我们无言的痛苦是太多了，
然而一个民族已经起来，
然而一个民族已经起来。

写于 1941 年 12 月

选自《穆旦诗选》

# 第五十九军抗日战死将士公墓碑铭①

胡适

胡适（1891–1962）现代诗人、学者、中国现代新诗的开拓者，原名胡嗣糜，后改名胡适、胡洪骍，字适之，号冬友，安徽绩溪人。抗战时期，胡适以多种方式为中国的抗战事业奔走不息。

这里长眠的是二百零三个中国好男子！

他们把他们的生命献给了我们的祖国。

我们和我们的子孙来这里凭吊敬礼的，

要想想我们应该用什么报答他们的血！

1934 年 5 月 5 日

① 本诗录自台湾商务印书馆 1964 年 12 月影印出版的《胡适之先生诗歌手迹》。

# 敌后催眠曲

萧三

萧三（1896–1983） 现代诗人，原名萧子暲，笔名埃弥·肖·爱梅，湖南湘乡人。《敌后催眠曲》再现了战时惊心动魄的一幕：为了不让孩子的哭声引来敌人，宝宝竟被闷死在妈妈的怀里。妈妈失去宝宝的痛苦和对敌人的仇恨交织在一起，让读者经受了一场震撼心灵的感情熬煎。

静些，静些，老大娘！
不要咳嗽，不要响。
老大爷！不要抽烟，
火星，敌人能看见。

安静些，我的小宝贝！
夜是这样深，这样黑。
安静些，我的小宝宝！
我给你紧紧地包扎好。

我把你抱在我怀里，
你就再不会受冻了。
我紧紧地包好了你，
你就不会哭出声来了。

我的小宝宝，你不要怕——
你有你妈妈和你爸爸。

敌人一走，爸爸就能回来。
我们在这山洞里再待一待。

你听，枪声响得远了。
你爸爸快能回来了。
小宝宝，你不要嚷。
一忽儿就会大天亮。

你听！有了脚步的声音
走得近了，更近了，更近……
“到底回来了，孩子他爸！
啊，抱一抱你心爱的娃。

“抱一抱你的儿子，孩儿他爸。
这一夜真不易熬过，真可怕。
我们的小宝宝，他是小英雄！
他没哭，没叫鬼子发现我们。”

父亲接过了包包，揭开了包包：
在包包里躺着闷死了的小宝宝……
壮士的热泪大颗地滚下来。
壮士的眼睛困难地抬起来。

“孩子他妈，你不要伤心。
我们的宝宝没有白牺牲。
他救了我们多少人的性命。

我知道，我们该恨的是什么人！”

写于 1944 年

选自《延安文艺丛书·诗歌卷》，湖南人民出版社 1984 年版

# 丈夫去当兵

老舍

老舍（1899–1966） 现代作家，本名舒庆春，字舍予，满族，北京人。《丈夫去当兵》通过妻子送丈夫去当兵时的嘱咐，表现了妻子可贵的爱国热情。诗作采用顺口溜的形式，是作者有意识地在艺术上进行通俗化的尝试。

丈夫去当兵，
老婆叫一声：
毛儿的爹你等等我，
为妻的将你送一程。

你去投军打日本，
心高胆大好光荣；
男儿本该为国死，
莫念妻子小娇身！

丈夫去打仗，
女子守家庭；
你在外边打得好，
我在家中把地来耕。

可惜我非男子汉，
不能随你投大营；

幸喜你今扛枪去，
一方之中有美名。

谁不敬重我，
丈夫去当兵；
到了前方不怕死，
保住江山万家生。

纵然是死在沙场上，
有为妻的替你守家庭；
孩子们长大来相问，
我说你爸爸去打贼兵。

为国尽忠死，
千年留美名；
父是英雄儿是好汉，
前人修路后人行。

儿子成人知爱国，
保我中华享太平；
只有那无心汉，
才在家中过一生。

丈夫去当兵，
老婆叫一声：
毛儿的爹你快快去，

为妻的不再远送行。

盼你平安回家转，

盼你多杀东洋兵；

你若不幸身先死，

英魂莫散喊杀声！

作于 1938 年

选自《抗战歌曲选》

# 放哨的儿童

卞之琳

卞之琳（1910–2000） 现代诗人，江苏海门人。卞之琳诗风奇特，诗多表现忧郁的感情和哲理的沉思。诗人抗战后诗风发生变化，《放哨的儿童》就童趣盎然。

交给了你们来放哨，
虽然是路口太冲要，
打仗的在山外打仗，
屯粮的在山里屯粮，
算贴了一对活封条。

可是松了，
不妨学学百灵叫。

把棍子在路口一插，
“路条！”要不然，“查！”
认真，你们就不儿戏，
客气，来一个“敬礼！”
要不然，“村公所问话！”

可是松了，
不妨在地上画画。
防止一切的病毒菌，
你们决不让偷进：

金丹、海洛因、“白面”。

毒药、三寸长红线……

小汉奸是鬼子的苍蝇。

可是松了，

不妨用胳膊比比劲。

县长也不在例外，

洋教士也不能乱来。

马虎了记下“不负责”，

儿童团汇报里要抨击；

一点缝，瓶子就破坏！

可是松了，

不妨拉树枝摆摆。

这条路上哪儿的，我想问——

将来是来了，不是等。

尉迟恭、秦琼都变了，

就算是梦吧，我见了，

新天地的两员门神。

你们松了，

不妨摘几朵迎春。

选自卞之琳《慰劳信集》

# 嘉陵江上

端木蕻良

端木蕻良（1912–1996）现代作家，原名曹京平，辽宁昌图人。长期致力于小说创作，偶有诗作发表。

那一天，

敌人打到了我的村庄。

我失去了我的田舍、家人和牛羊。

如今我徘徊在嘉陵江上，

我仿佛闻到故乡泥土的芳香。

一样的流水，一样的月亮，

我已失去了一切欢笑和梦想。

江水每夜呜咽地流过，

都仿佛流在我的心上。

我必须回到我的家乡，

为了那没有收割的菜花，

和那饿瘦了的羔羊。

我必须回去，

从敌人的枪弹底下回去；

我必须回去，

从敌人的刺刀丛里回去；

把我打胜仗的刀枪，

放在我生长的地方！

选自《中国名歌集》，文汇书店 1942 年 11 月初版

# 我们的伤痕永不在背上

## ——献给抗日烈士之灵

郑振铎

郑振铎（1898–1958） 现代诗人、文学研究家，笔名西谛、CT、郭新源。抗战爆发后，这位主要从事中国古典文学研究的学者奋笔疾书，创作了许多揭露日本侵略者罪行的诗歌与散文。《我们的伤痕永不在背上》写出了勇士永远向前的精神境界，是对抗日烈士牺牲精神的礼赞。

### 其一

我们向前，我们向前，
上了刺刀的枪，紧握在双手。
远空里电鞭般的炮光不断地在抽闪着，
狂雷般的炸裂的声音在前，在后，在左，在右，
窒人气息的黄烟，在涌滚，在包围，在弥漫，
野火的紫光，在吞咬，在追逐，在熔毁，
红的，热的，是血，是火，是人，是马，
倒了的在前，在后，在左，在右。
但我们向前，我们向前，
我们的伤痕永不在背上！

我们向前，我们向前，
上了刺刀的枪，紧握在双手。
蜻蜓似的怪鸟，一只，两只，三只……
高着低着，飞在我们的头上，

它们在怪叫，在向下扫射着吃人的毒弹，
在抛投下最酷暴的炸裂物，
一声声的巨响，震得大地的心肝都要炸开，
红的，热的，是血，是火，是人，是马，
倒了的在前，在后，在左，在右。
但我们向前，我们向前，
我们的伤痕永不在背上！

我们向前，我们向前，
上了刺刀的枪，紧握在双手。
在烟与火里，冲向我们来的是，一前一后一左一右的坦克，
那可憎的怪物们，一个个都在伸吐着它们的恶毒的赤舌，
妖蛇似的在咽下，在绞绕，在绊倒所遇见的一切，
那坚顽得像不可克服的铁堡似的怪物。
红的，热的，是血，是火，是人，是马，
倒了的在前，在后，在左，在右。
但我们向前，我们向前，
我们的伤痕永不在背上！

我们向前，我们向前，
上了刺刀的枪，紧握在双手。
地平线上出现了无数的妖魔们，
远远的闪耀着亮晶晶的钢盔和刀头。
（那讨厌的妖魔们，老是躲在铁堡似的坦克之后，不肯向前。）
近了，近了，更近了，看得清他们失神的张皇的脸了。
但我们却直冲了上去！不错过面对面见得着妖魔们的这个好机会！

红的，热的，是血，是火，是人，是马，
倒了的在前，在后，在左，在右。
但我们向前，我们向前。
我们的伤痕永不在背上！

**其二**

倒下了的是我们，
但我们的伤痕永不在背上，
倒下了的是我们，
但当我们倒下时，
我们却清楚看见——
跟着我们来的是一个无穷无尽的猛肃的队伍。
（您得明白，我们永不回顾，只在倒下的一刹那，得个见到后面的机会。）

一个无穷无尽的猛肃的队伍，
正踏着我们的血迹向前进。
他们前进，他们前进，
面对着东方的太阳。
我们清楚地看见——
他们在鞭打，在驱逐我们的敌人！
（您得相信这无穷无尽的猛肃的队伍，是有充分的力量，足够得鞭逐我们的敌人。）

他们在鞭打，在驱逐我们的敌人，

终要压迫得敌人们退，退，退！

我们远了，我们去得更远了，

但我们却仍清楚地听得他们杀敌的呼号！

我们的血迹冲出了一条红的河道，

但他们的足步便将这河床踏成了康庄大路！

（您得明白，建设是要在赤血流过的河床上建设的。）

我们远了，我们去得更远了，

但我们还清楚地听得更高更高的杀敌的呼号。

那顽敌是除了鞭打不会退的，

该准备好一个打得他不会爬起的力量。

只有更高的杀敌的呼声，

是使得我们安心地去一个信号。

（您得相信，我们虽是去得远了，更远了，我们的整个的心是还在这一边悬着的呢！）

民国二十一年三月九日

# 肉搏

蔡其矫

蔡其矫（1918–2007）现代诗人，福建省晋江人。1942 年创作于晋察冀边区的《肉搏》写出了战争的残酷，再现了中国士兵视死如归的英雄气概。

白色的阳光照在高高的山上，
在那里，剧烈的战斗正在进行。

近旁，那青铜的军号悲壮地响起，
冲锋的军号，以庄严的声音，鼓舞我们的士兵。

一个青年，我们团里的一个新兵，
飞似的前进，子弹在脚下扬起缕缕烟尘。
而在山岩后，一个日本军曹迎上来。

于是开始了惊心动魄的肉搏战！
军号还在吹，山谷震响着喊杀声……

交锋几个回合，那青年猛力刺了一刀，
敌人来不及回避，也把刺刀迎面刺来，
两把刺刀同时刺入两人的胸膛，
两个人全静止般地对峙着，呵！决死的斗争！

只因为勇士的刺刀比日本人的刺刀短几分，
才没叫战栗的敌人倒下来，
我们的勇士没有时间思索，有的是决心，
他猛力把胸膛往前一挺，让敌人的刺刀穿过背梁，
勇士的刺刀同时深深地刺入敌人的胸膛，
敌人倒下，勇士站立着。山谷顿时寂静！

第二年，在那流血的地方来了一只山鹰，
它瞅望着，盘旋着，要栖息在英雄的坟墓上；
它仿佛是英雄的化身，不忍离开故乡的山谷。
过路的士兵呀！请举起你的手向它致敬。

1942年，晋察冀。

选自《回声集》，作家出版社1956年版

# 狱

曾卓

曾卓（1922–2002）诗人，原名曾庆冠，笔名还有柳红、马莱、阿文、方宁、方萌、林薇等。原籍湖北黄陂，生于湖北武汉。

投出了郁郁的阴森的眼光，
从阴森的小屋；
伸出了消瘦的冰凉的手，
从冰凉的铁栏格。

负着苦难的祖国，
又负着祖国给予你的苦难，
你年轻的生命的力，
被抛掷在黑暗里。

不是为受苦而伤心，而愤怒，
愤怒而且伤心的是：
为什么要受苦？
……

1939，黄桷树

选自《门》，昆明诗文学社 1944 年 9 月版

# 我们不能逃走
## ——写给农民

苏金伞

苏金伞（1906-1997） 现代诗人，原名苏鹤田，河南睢县人。1925年开始诗歌创作。《我们不能逃走》，以沉重的心情，表现日军占领下河南农民的苦难。诗作质朴无华，语言鲜灵活泼，弥漫着亲切自然的人间味。

我们不能逃走，
不能离开我们的乡村：
门前的槐树有祖父的指纹，
——那是他亲手栽种的；
池边的洗衣石上有母亲的棒槌印，
水里也还有母亲的泪，
——受了公婆或妯娌们的气，
无处摆理，泪偷滴在水里；
还有，地里红薯快熟了，
根下挣起一堆土，
凸吞吞的像新媳妇的奶头；
场上堆着没有打的黄豆，
热腾腾的腥香向四面流。
这一切我们都不能舍弃，
怎肯忍心逃走？

我们不能逃走，

不能离开我们的家：

碓臼已舂了几辈子米，

犁雁和锄桨都被我们的

手掌磨出深深的汗窝，

棉油灯夜夜看姑嫂们纺花，

纺花声把我们的梦

缠得又密又重，

像蛛丝裹住一个槐花虫，

就是驴踢槽也惊不醒；

蟋蟀在墙根劝说织布人：

别栽嘴，再织一会儿就到三更！

这一切我们都不能抛丢，

怎肯忍心逃走？

还有土地——那位老乳母，

她抚育过我们几十代的祖先，

又哺养我们和儿孙；

一年四季不拾闲，

忙着张罗棉麻和粱米，

到冬天，雪盖了原野，

她还预先埋藏下麦根。

我们对她也真熟悉：

知道哪一块地有多少土坷垃，

哪一块地离家几步远，
就是黑夜没有光亮，
也能用脚试出哪一块是自己的田。
我们命定了和庄稼一样在土地里生长，
挪到别处就要枯黄。
我们不能逃走，
不能离开我们的故乡。

年来日子过得不算好，
但那都是鬼子苦害了我们的：
他不等你爬起来，就赶紧给一腿。
如今他每到一个地方就放火，
黑烟和火光哩哩啦啦几十里，
连老鸦窠也烧得不剩一个；
年轻人抓去挖战沟，背子弹，
老婆子和小妮子也被奸淫，
一不对眼就活埋或剥皮。
为了报复这些侮辱与仇恨，
我们也不能逃走，
要拿起家伙跟鬼子拼一拼！
一个人是一个铁圈，
扣在一块儿就是坚强的铁缆，
把那载我们的大船锁靠牢稳，
永远不叫那毁灭人类的海盗击碎。
等把鬼子赶跑了，
再细细品尝那蓝天下的

倚着锄头时的一管烟的滋味吧。

10 月 10 日，开封

附记：这里有些河南的方言，河南的老百姓是懂得的。

选自《七月》第一集第二期，1937.11

# 夜葬

鲁藜

---

鲁藜（1914–1999） 现代诗人，原名许度地，曾用名徒弟，笔名鲁藜，福建同安人。《夜葬》中的诗句如泥土般质朴，明白如话又感情浓烈。诗神穿越炮火的喧嚣震撼着善良人们的心扉。

我们的兄弟死了

我们抬着他

记不清什么村子

也记不清什么时刻

哦，不要紧

就是那个神圣的土地

那些战斗的日子

我们把他放下去

放下去

挖得太浅吧

掘得深一些

把他深深地埋住

恰好有月亮

我们的队伍走不多远

我们还来得及赶上
好好地动手
不要把石头也掉下
敲得棺盖乱响
不要叫我们的兄弟
睡得不舒服
他睡得那么甜
一个勇敢的人
勇敢地战死
就是最大的快乐

没有墓碑怎么办
不要紧
这里正好有一棵大树
就在树干上刻下他的名字

树呵，不要被狂风吹倒
吹不倒的
有勇敢人在它的旁边
今夜，一点风也没有
月光那么静
照着兄弟的墓上
一切都好了

我们走呀

趁着前面还有步伐的声响

慢一点，站好

给我们的兄弟最后敬礼

于是，我们都举起了手

1941 年 11 月 20 日晨

选载 1941 年 11 月 30 日《晋察冀日报》

# 我的思念在大海东

## ——献给台湾

蒲风

蒲风（1911–1942） 现代诗人，原名黄日华，又名黄飘霞，广东省梅县人。在民族危难的时刻，蒲风想到了已经被日寇占领 80 多年的台湾。“我日日夜夜牵挂她”，道出了全国人民共同的心声。

我的思念在大海东，

大海茫茫，

水天交界处太阳火般红。

我日日夜夜牵挂她，

忧愁，伤悲，苦难……

——我都咽下在心中。

非她不爱我，

实因压迫重重又重重。

礼教的束缚，

殖民地的奴隶教养……

片刻打不起浪涛的汹汹，

也许她将永在大海东，

犹如太阳，

她朝朝照耀得我心通红。

我戴着太阳走我的路，

不怕艰难和险阻，

她心在我心，我心长英勇！

我是真理之子，

真理长在我心中。

哪怕瘴氛横阻大海东；

我要用大炮轰去一切氛和雾，

我要用热情、教养去扫荡那蛮风！

但是，云涛滚滚，

踏着铁的飞轮，

她也许会横过太空：

我是地球，

太阳永远亲近着真理的孩子，

快快呀，快快呀，朝西蠕动。

选自1937年2月上海诗歌出版社《摇篮歌》初版本

# 不准它们过来

## ——向横断山脉

勃朗宁

勃朗宁，生平不详。

在播音机的后面
四万万五千万张嘴大张着
向你们
守望横断山脉的
英勇的部队
呼出了

决战的口号
“不准它们过来！”
“不准它们过来呀！”

千万只眼睛
从望远镜的镜片里
贪婪地望着你们
防卫保山
——祖国的睫
昆明

——南中国的眼睛
那出现在云雾弥漫的山谷风
愣头愣脑的
掩护在坦克后面
鼠头贼眼的
循着滇缅公路
爬向国境来的
日本仔们

它们企图
切断我们的国际路线
不准我们
走近一个海港
运载
战争筵席上的
花生米呀

它们妄想
扼住我们的咽喉
捏死我们

弟兄们
这一次战斗
要决定
世界上
还有没有

中国

四万万五千万人的命运
全交给了你们
弟兄们
我们再没有土地
给敌人放马啦
我们也不能
被围困
在
敌人的包围里
静待
死亡的来临

弟兄们
守住你们的碉堡
叫子弹的暴风雨
吆喝
在横断山脉里
游击在北缅的同志们
抖一抖滇缅路的尾巴
叫怒江
变成一条红河吧

中国
把命运

交给你们

“不准它们过来！”

“不准它们过来呀！”

选自 1942 年 6 月 3 日《华西日报》

# 手与手

## ——给盟国的伙伴们

金军

金军，生平不详。《手与手》是一首反映中国军人和盟国军人友谊的诗作。抗日战争是中国人民进行的一场民族解放战争，也是世界人民携手开展的反法西斯战争。国内这类题材的诗作相对较少，《手与手》写出了中国人和世界反法西斯国家的人民共同的心愿。

五只粗黑的手
逐次地向我伸来
是那样热情
是那样多毛而有力

我们的手
紧紧地握在一起
很久不放下来

因为我们
闪烁在内心里的思想是一致的呵
虽然，我们的肤色不同
虽然，我们的军服不一样
虽然，我们的枪械不出自一个兵工厂

在广漠无际的世界战场上
在正义与丑恶斗争的战场上

在公理与强暴的反侵略的战场上
我们呵！我们
同是一条结实的战线上的士兵

手与手
我们紧紧地握着
这两大民族的握手呵
这东半球与西半球的握手呵

让我们的手
为完成这大陆的新事业而忙碌着
让我们的手
为后一代人民的幸福而忙碌着
我们呵！我们
每天拿（做）着同样的工作

这大刀手，机关枪手
这轰炸手，坦克手
这善良而反对屠夫们作恶的手
我们要紧紧地握着
我们要紧紧地握着

1945年6月3日

选自舒兰编《抗日时期的新诗作家和作品》

文成出版有限公司版

# 爸爸

庄言

庄言（1915–2002） 现代画家，江苏镇江人。《爸爸》通过儿童视角，展现了抗日游击队员神出鬼没、消灭敌人的战斗风采。

爸爸

从高粱丛中归来

夜间带去的手榴弹

悄然溜走了

手上提着

死人所赠予的礼物

而且都粘贴着

太阳旗的商标

选自 1941 年 4 月 6 日《新蜀报》

# 废墟之外

覃子豪

覃子豪（1912-1963）现代诗人，原名覃基，字天才，四川广汉人。抗战时期，发表《废墟之外》等诗作受到了诗歌界的重视。1947 年赴台湾继续从事诗歌活动。

在弥蒙的春雨里
我步着祖国的废墟

白骨掩没在河边的春草里
无数黑色的乌鸦从那儿飞过

兄弟们死了
春草生了
乌鸦肥了

在这儿
春天没有炮声
没有妇人和婴孩的啼泣
没有反抗的呼号
啊！啊！血啊
凝结在被轰碎的石上
废墟上开着红色的花

他们发出饥饿的叫声

啊！去吧！饥饿的农民

这儿是焦土和废墟

可是废墟外已绵延着自由的烽火

选自《抗战文艺》第1卷7期，1938年6月5日出版

# 轰炸吧

荒冰

荒冰，生平不详。

轰炸吧，
强盗们！

我们有的是
不慌不忙，
我们的脚跟
站得很稳。

——连断砖
也流出血水，
牢记这仇恨。

选自《力量》，前进报社 1939 年 12 月版

# 怀乡曲

若嘉

若嘉，生平不详。

我仰望着天边，

期待着一只带来家书的雁；

却飞过群群铁鸟，

撒下这遍野的荒烟！

我彳亍在溪头，

溪中的流水悠悠，

一阵秋风惊破了水面，

半个影儿也不给我带走！

我幻想到故土，

遥隔万重关山，

我不能归去了么，

敌骑暴加横阻。

我怀念着家乡，

不禁在深夜唱出一只哀曲——

“我的家，

在东北松花江上……”

选自1939年11月2日《华西日报》

# 垣曲街景

罗烽

罗烽（1909–1991） 现代作家，原名傅乃琦，辽宁沈阳人。“九·一八”事变后，创作了大量诗歌和散文。《垣曲街景》中没有常见的直白呼喊，而是通过街道、破瓦颓垣、门锁、老鸦几个画面的点染，再现了敌人血洗后目不忍睹的景象。

垂死的街道上

残留着敌人的铁蹄

破瓦颓垣间

呈露着避难者的血迹

门上挂着锁

院墙缺少半边

老鸦在空院子里

窃食几粒劫后的米

呵，从死亡中逃出的人们

来去都是匆匆的

9 月 9 日在莘庄

选自 1940 年 1 月 3 日《新蜀报·蜀道》

# 家

管火陵

管火陵，生平不详。

在怀念里
昏黄的落日
滚变的风沙
昔日的风光
埋葬在荒垣下

美丽的老家
朴素的老家
老家系着敌人的战马
老家的主人
在流亡线上
红穗的高粱
大队的牛马
似流水吞着沙
一口儿被毒魔吞下

远了老家

远了老家

尝饱了风霜

华北，华南，华中……

遍地响起了战争

哪里是，安全地带

哪里有，安全地带

谁再能像丧家之犬

谁再能在流亡线上苦爬

积年的愤火哪能消散啊

齐声呐喊吧

“打回我们的老家”

选自 1940 年 9 月 21 日《新蜀报》

# 乡思

葛兮

---

葛兮（1915–1984） 四川广汉人，原名覃汉川。《乡思》是一首离乱人怀念故乡之作。

甘美的甘美的故乡的河水
像十月的甘蔗一样甘美
明媚的明媚的故乡的河水
像村里姑娘的碧眼一样明媚

我要回到傍河的迷人的乡村了
日日饮甘美的故乡的河水
我将像河滨葱茂的高粱
向香馥空气中伸长年青的枝叶
我将像河滨清新的桦林
浸沐着朝阳的鲜红

麦酒般醉人的故乡的河水呵
像发亮的猪油般流淌
润养着广袤的翠绿的田野
培育得野花火般地开满山谷
虽然我是面黄肌瘦的贫农的儿子呵
想起故乡也有酒般的乡情
在那灿烂的收获季节
河滨行驶着如流水般的大车

载着黄金的麦粒，芳香满野
“嚓嚓”的割麦声融混着愉悦的田歌
虽然我是面黄肌瘦贫农的儿子呵
对这幸福的画景
也凄怆地神魂向往

甘美的甘美的故乡的河水
十年来，我颠沛在艰辛的路上
担着沉重的生活担子
栖宿在荒寒的茅店
未曾饮过一滴你甘美的浆液
我的灵魂和身体多么饥渴
虽然我凄愤地知道
这是贫农的儿子必然的命运呵

昨夜，我坐在冷月浸照的铁篷车上
和寒战褴褛的难民一起
听他们哀愤地叙说：
甘美的甘美的故乡的河水
流淌着乡人殷红的血汁
明媚的波上
漂流着被宰杀了的农人的尸体
村庄成了劫后的废墟

田里的杂草长得比高粱茂密
村道上滚动着东洋兵的炮车

村姑的贞洁的卧榻上，鼾睡着
满脸络腮胡髭的淫乱的敌人

那些流离的乡人泣诉
针般刺伤我的心
甘美的甘美的故乡的河水
我要归来了
甘愿做一片河上迎战风霜的白帆
甘愿做一枚水里隐秘的鱼雷
甘愿跟我们褴褛而顽强的兄弟们结伴
潜伏进河滨的茂林里
应和着你战斗的歌声
用我们鲁钝的武器同敌人战争
日日饮甘美的甘美的河水
虽然十年来我颠沛在艰辛的路上
饱餐了人世的寒霜和疾苦
而我的手锻成了琮铮的铁弦
心锻炼得如熔铁般热，纯钢般坚

我就要归来了，我就要归来了
甘美的甘美的故乡的河水
我坐在这寒村荒店的窗口
好像隐隐地看见你银亮的肢体
在远方那丛萧索的桦林后面
流来又流去，且还听见你“哗啦，哗啦”的水声

选自《现代文艺》第4卷第3期，1941年12月25日出版

# 人造地狱

刘心皇

刘心皇（1915—1996） 现代作家，笔名明园、衣鱼、星朗、高天等，河南叶县人。《人造地狱》选自1987年人间书屋发行的总诗集《人间行吟》，诗作揭露了日军占领南京后制造的人间地狱惨象。

低飞扫射的敌机过去了，
大炮声炸弹声停息了，
一批批人面兽心的家伙们，
如潮水般地涌过来了！

野兽在咆哮，
野兽在舞爪，
无助的呼救声响彻云霄，
无望的哭泣声震动大地。

无数人倒在血泊里，
无数的人在树枝上倒挂，
无数的人被刺上武士刀，
无数的人头在地上滚！

有的人只剩一只手，
有的人只剩一只腿，

有的人只剩一腔胸膛，

有的人只剩一撮头发！

野兽狂笑着，

做杀人的比赛。

杀一人割下一只耳朵，

枯瘦的是八十老翁的耳朵，

嫩小的是三个月小孩的耳朵，

这一串串的耳朵，

是他们疯狂的业绩！

无数的人被赶到江里，

人的呐喊，人的哀泣，

无数的手在水面上摇，

垂死的眼睛张望着岸上，

岸上，只有野兽，只有魔鬼！

一片绝望的嘶叫……

苍苍然蓝天欲坠了！

这龙盘虎踞的古城，

这赫赫有名的帝都，

这代表东亚第一次出现民主的盛京，

如今是，满街的炮灰，

满街的尸体，满街的断首残肢，

满街的火焰，

如今是，鼠辈横行，野犬乱窜！

他们，那些人面兽心的家伙们，
他们在摧毁善良的一切，
他们的行动在嘲笑他们自己，
他们在污辱他们的历史，
他们在讽刺他们的“武士道”，
他们在玩弄他们的天良，
他们用血洗去：
人类的庄严，纯洁，诚实……
一切美好的东西！
他们在舔着刀上的鲜血，
他们在疯狂地狞笑！

烧、杀、抢劫……在这样的毁灭中，
得到一种真理的启示：
终有一天，
这染满血迹的刀，
会刺向他们自己！
想杀绝一个民族，
是痴人疯狂的妄想！

选自刘心皇《人间行吟》，1987 年人间书屋发行

# 谁杀死了妈妈

张克夫

张克夫（1921–1967） 笔名席水林，山东济南人。《谁杀死了妈妈》用妈妈惨死这一血淋淋的事实，向侵略者发出了愤怒的声讨，要孩子把仇恨永远牢记在心。诗短而旨远。

血，

流在地上。

妈妈的眼睛

闭上了，

永远闭上了。

孩子！

谁杀死了妈妈？

选自《晋察冀诗抄》，中国青年出版社 1984 年 10 月版

# 我们的雪天

孙钿

孙钿（1917–2011）现代诗人，原名郁钟瑞，郁文源，上海人。抗日战争爆发后，从日本回国参加抗战。《我们的雪天》展现了壮丽而又惨烈的一幕，几笔漫不经心的点染里，一个女游击队员的形象跃然纸上。

雪落在游击队员的枪上，
就轻轻融掉，干掉……
裸着的妇女，
死在雪地里。
雪，红了。

今天没有炊烟，
今天没有云朵，
今天的屋子
冷清清。
沟边：
田野：
林里：
枪，
在喧噪。
阿万的女人，
踏着雪，

打冲锋。
她要用敌人的血
来洗清遭到的侮辱。

在一盏小油灯的火光下：
阿万曾说过他的女人是
绑得紧紧的才被鬼子强奸了的……
村里的早晨，
已经听不到鸡啼了。
天空飘了一夜雪花，
大地又给遮得洁白。
傍晚：
雪，
红了的时候，
阿万的女人也回来了。
她带来了十多支枪，
还有无数发枪弹。
她愉快地说：
我好像找到了一个美丽的伴侣。
但是把它分给你们吧，
明天呀，
我还得去找！

选自1938年2月15日《新华日报》

# 推磨者

方殷

方殷（1913–1982）现代诗人，原名常钟元，笔名芳茵，河北省雄县人。推磨者，一位伟大母亲的形象让人肃然起敬。

你看那枯皱的
前额上的汗珠啊
——你带着火而来的太阳
赶快退去吧
让我们这可敬的辛劳者
也好浴一浴
那山风的清凉

她是不知道休息的啊
整日价围绕着这一盘磨
以笨衰的脚步
踩着无数的圆圈子

那一粒粒的麦粒儿
从嫩苗时起
就被敌骑践踏过了
它们都是艰苦地
生长出来的啊
而今这白花花的面粉

是又碾进推磨者的汗滴了

然而老迈的推磨者
并不吝啬它们
她想着——
当战士们，把一个个
热腾腾的馒头
捧到嘴边的时候
她该是多么愉快啊……

选自 1940 年 2 月 24 日《新华日报》

# 奠歌

徐订

---

徐订（1908–1980）现代作家，原名徐传琮，笔名徐于、东方既白，浙江慈溪人。《奠歌》是对牺牲的抗日战士魂灵的祭奠。字字血泪，情深意切。

不敢用可怜的悯叹，
更不敢用柔弱的哀婉，
红铁般的悲愤捧着我心，
对战士们英雄的魂灵祭奠。

你这样的死，悲壮、伟大、激越，
在中华几千年史中只有过一页，
那是悠远的祖先们为洪水泛滥舍身，
为那野兽的残暴流血。

如今是你，为整个民族的生命，
世界的和平、正义与爱，
在抵御强暴的侵略，
无畏的勇敢，视生命如草芥。

这样你慷慨地流血，
救人类无边的浩劫，
又壮烈地把你的骨肉，
填平了地球的残缺。

而死后英烈的魂灵，
又成了我们的导师，
这里是四万万五千万的生命，
将追随你前进的指示。

我们深信不远的将来或者最近，
你血染的地方都将开花，
花开处将有自由的生命，
为你的爱、你的名字而生存。

于是有万年文化史要为你们开卷，
史里每一个字都将刻着你名字，
而每首诗都将向你们的爱歌颂。

不敢用懦弱的哭泣，
更不敢用无聊的叹息，
是火山石浆般的血养着我们的心，
心里都存有你们英烈的魂灵。

1939年10月26日于上海

选自舒兰编《抗日时期的新诗作家和作品》

文成出版有限公司版

# 假如我战死了

柳倩

柳倩（1911–2004）现代诗人，原名刘智明，笔名刘天隽，四川荣县人。《假如我战死了》以一个抗日战士的口吻，表现了对祖国和人民的忠诚。

假如我战死了请把我埋在那险峻的高山，
山下蜿蜒着宽敞的道路，
白云悠闲地绕过那座严关。
让我听江风呼啸，挟着民族的怒吼，
让战友们唱着凯歌回来，践踏过我的白骨。
我像高山、像高山一样庄严、雄浑。
我像大星瞪着国土，再不许敌寇侵入。
让我这无名者永远是一个哨兵，民族的歌人，
整日在山冈上瞭望，
看着我们年轻的后代
在欢笑中过活，在自由中生长，
脸上销尽了从前千百代的耻辱。

让日子消泯了仇恨，我依然偃息在那座高山，
山上山下开辟的是自己的土地，
集体的耕作，疏浚，安居在自己的农庄。
让我听农场上的欢歌赞扬着人类的进步，
他们瞅着埋葬我的这座高山有千年的怀古。
我像江潮，像江潮应和着他们的歌声，

我像太阳般欢笑，怡然地将他们爱抚。

让我这无名者永远是一个斗士，历史的证人；

长久在山冈上瞭望：

俯视着我们年轻的子孙，

管理自己的国家，建立新的社会，

脸上燃烧着是我们这一代从未有的幸福。

1940年5月6日在广西武鸣旧思恩府。

选自《春草集》，文林出版社出版

# 假如，我死了

晏明

晏明（1920- ） 现代诗人，原名郭灿之，笔名林露等，湖北云梦人。《假如，我死了》共五节，每节诗用“假如，我死了，我死了”，“姑娘，你莫悲伤，莫悲伤！”反复诵唱，哀意绵绵，一个顶天立地的抗日战士形象赫然耸立在读者面前。

假如，我死了，我死了，
为了我的碧绿的碧绿的府河，
和淡蓝淡蓝的梦泽湖，
姑娘，你莫悲伤，莫悲伤！

假如，我死了，我死了，
请把我埋葬在那小丘山顶上，
那苍翠苍翠的松林里，
姑娘，你莫悲伤，莫悲伤！

假如，我死了，我死了，
请为我立一块很小很小的石碑，
碑上刻着：一个年轻人为祖国而战死！
姑娘，你莫悲伤，莫悲伤！

假如，我死了，我死了，
母亲呵！为我的府河，为我的梦泽湖！

我将永远永远默念着你们的名字，

姑娘，你莫悲伤，莫悲伤！

假如，我死了，我死了，

让我静静地躺在祖国的山顶，

让我日日夜夜听着母亲的呼唤，

呵，姑娘，你莫悲伤，莫悲伤……

1941年10月1日—20日，扬子江畔

选自《诗丛》恩施版第1期，1943年10月出版

# 无名英雄之墓

刘火子

---

刘火子（1911—1990）曾用名刘佩生、刘宁。生于香港，原籍广东台山。著名诗人、报人。

有一个人
静静地躺在路旁——

有一个人，
知道他的死，
为他竖下一块木头，
写着“无名英雄之墓”。
有一个人，
采撷了一些野生的花草——
百合、菖蒲、洋白兰……
放在埋藏着他骨殖的乱土上边。
有一个人，
（这就是我啊）
幽幽地给他写下短短的诗篇！

1940 年 6 月粤北

# 蒲公英

钟辛

---

钟辛（1924- ）原名何钟鑫，曾用名何非，安徽定远人。《蒲公英》诗短意长，寄托了诗人对战死者的哀思和遐想。

蒲公英像灯盏一样的

放置在一个战死者的坟头

没有妖艳的颜色

没有袭人的香气

让种子和着理想

随风飘去……

1944 年 7 月于四川璧山

选自重庆《益世报·益世副刊》

# 送葬曲

方敬

方敬（1914–1996） 现代诗人，四川万县人。《送葬曲》写于 1945 年抗战胜利前夕，它既记录了人们送葬脚步的沉重，也预言“新的路属于我们的脚步 / 新的世界属于我们的肩头”。

唉，我们的脚步怎么这样沉重，
是什么在把它们拖着，
那长长的旧的链子，
那不正的枷锁，
那路？
路可又带我们远去，
迤逦的路上
走得太累的错综的影子
匍匐着，佝偻着，蠕动着，
为什么低垂下了头，
你瞧，一些无辜的灵魂，
冻死了的，饿死了的，
敌人打死了的，
白白折磨死了的，
现在还应该活着的——
我们心里负担着生，
又负担着沉重的死呵。

这个肃穆的时辰，

路上浮着晦影——

什么黑黝黝地正在我们肩上？

哎，我们扛着的是一具棺材，

装殓着沉重的尸体，

——民族的屈辱与错误。

在这最庄严的殡仪行列里，

最忠实的执绋者，

沉抑地唱着最后的葬曲，

埋掉，深深地埋掉吧，

把那带叹息的命运

在这残破的土地上的窀穸里，

然后决绝地向着旧日告别。

让新的爱属于我们的心，

新的路属于我们的脚步，

新的世界属于我们的肩头。

1945 年 1 月 10 日

选自诗集《行吟者之歌》

# 坟墓和活路

雷石榆

---

雷石榆（1911–1996） 现代作家，原名雷社稔，笔名石榆、舌夷、式羽、纱雨等，广东台山人，生于印尼侨商之家。《坟墓和活路》对卖日货的奸商提出了严厉的警告。

奸商卖日货，

等于替日本人造军火！

难道半国失地还太少？

千万同胞被杀还不多？

奸商哟！

只顾个人的腰包，

不管民族的大祸！

试问国家全亡了，

你的财产还可以带着逃？

就算你的家庭不变炸弹粉，

就算你的妻女不被强奸掉，

就算你的性命也侥幸存留，

逃到异邦只是个可怜的亡命狗！

做奴隶，

做亡命狗，

真是比活埋还难熬！

奸商哟！

你把假商标贴上仇货的时候，

全民的枪决签已插在你的肩头！

清醒脑袋想想吧！

眼前摆着坟墓和活路！

1937年11月

选自《1937年7月7日－1938年1月1日》，诗歌出版社1938年1月

# 让我们相爱

周为

---

周为（1915- ）　原名陈凡，广东三水人。此诗创作于抗日战争即将胜利的 1945 年 1 月，对爱的召唤反映了长期遭受战乱之苦的中国人的心理状态。

生活像一昼深沉沉的雾，
我们整天在里面沉重地旋转，
叫不出的呻吟比叫得出的呻吟还痛苦，
流不出眼泪的比流得出眼泪的更疲倦……

像寒冷的时候需要火，
像干渴的时候需要水，
为了在生活的雾里有力量醒来，
让我们相爱！

有时我们被遗弃在荒邈的冰原，
什么也没有了，即使是一声低呼；
人生的森林里魔鬼安排了许多的路，
有时我们会迷失了道途……

像寒冷的时候需要火，
像干渴的时候需要水，

为了在孤独和迷失里有声音引我们出来，
让我们相爱！

路这么崎岖，这么长，
风雷这么大，敌人又这么顽强，
或者在荆棘丛中我们折断了手，
或者在刀剑面前我们想到退后……

像寒冷的时候需要火，
像干渴的时候需要水，
为了在血泊中我们有勇气起来，
让我们相爱！

1945年1月8日初稿陪都

选自《诗丛》第2卷1期，1945年5月出版

# 爱

丽砂

丽砂（1916- ）现代诗人，原名周平野，四川江津人。《爱》赞美战死者，表现了民族解放战争对人的灵魂的荡涤。

如今你可以提起笔来，蘸着青春
在风雨中洗得干干净净
曾经为爱人的眼泪玷污了的灵魂碑上
写着战争
写着人类的名字……

选自《枫林文艺》第6辑，1944年5月17日出版

# 沉默的竖琴

芦甸

芦甸（1914-1973）原名刘贵配，又名刘正兴，江西贵溪人。《沉默的竖琴》是一首爱情诗，诗中以沉默的竖琴弹奏的祝福，展现了主人公纯洁美丽的心灵。

我懂得，
你为什么起得这样早，
为什么在我的小窗下
低唱着凄婉的歌；
为什么把你的小弟弟
逗进我室内？
为什么
凝望着远远的天……

原谅我，
我不能给你留下什么
甚至我的名姓。
因为
我是一个亡命的“过客”，
像你门前的水，
流过了，
永远不会折回来……

我只能以沉默的竖琴
弹奏我的祝福：
我愿花朵属于你，
荆棘属于我……

我即将远去，
后有马蹄的追赶，
前有人群的召唤……

1943年于成都

# 人类审判宣言

戈茅

---

戈茅（1915−1989） 现代作家，原名徐光霄，曾用名谷谿、简壤、齐野、鲁山、无乐山、余亦人，河南范县人。《人类审判宣言》站在全人类共同斗争的制高点上，以磅礴的气势和理性的思考，呼唤有着共同命运的全世界人民同法西斯势力进行殊死的决战，让希特勒、墨索里尼和日本军阀听候全人类的审判。

我们永远不能忘记这个年代，
整个世界陷入了残酷的战争。
啊！你们知道谁是放火的罪犯？
你们知道谁是指挥杀人的凶手？

听着：
像一座高过云天的峻峭的大山，
投掷在茫茫无际的大海里，
激起了一个巨大的声音；
那狂暴的怒号的巨浪，
摇动了人类的全球
一个声音，震响着世界！
啊！听着——
这就是我们的呼号，
这就是我们的愤怒！

我要向全世界发出人类的文告：

审判法西斯罪犯——
希特勒，
赫斯，
戈培尔，
墨索里尼，
日本军阀……

是他们，
流了我们的血！
是他们
流了全人类的血！

在血色的十字架下，
已经死去了的
有白种人，
黄种人，
黑种人……
他们的血全是殷红的，
谁还能分别（辨）出世界人种的颜色？

在战斗的旗帜下，
我们都是亲兄弟，
大家共着一个命运，
全人类连成一颗像火焰燃烧的心。

全世界举起

一面生动的

鲜明的旗帜，

在那旗帜的上面写着：

消灭法西斯！

海洋怒啸着，

山岳在崩裂，

森林在愤怒地宣言，

草原唱着英勇的战歌，

沙漠里也燃起了新生的渴望！

啊！亚洲人起来了，

欧洲人起来了，

美洲人起来了，

非洲人起来了，

澳洲人起来了，

像猛浪一样

他们都起来了

一个大的军团，

要进行一个大的决战。

法西斯主义，

像一条喷着火焰的毒龙，

多少个国家被毁灭了，

多少无辜的人民被屠戮了，

啊，一个灾难，

一个可怕的灾难呀！

没有饭吃没有衣穿的人们起来，
没有丈夫的妻子们起来，
没有儿子的老妇们起来，
没有父母的孩子们起来，
没有自由的囚犯们起来，
啊啊！你们全起来呀！
来，我们一起抗争，
不让法西斯再流我们的血！
我们自由生存的意志，
便是人类的法律。

时代的飓风，
从北冰洋
驰过苏维埃俄罗斯平原，
驰过亚细亚，
驰过中国的万里长城，
驰过南洋群岛、印度尼西亚、
菲律宾、马来西亚，
驰过浩荡的太平洋、印度洋，
驰过埃及的王国到北非的战场；

时代的飓风，
从南极的冰海，
驰过墨西哥、加拿大、美国的纽约，
驰过大西洋到英伦三岛，
驰过地中海到欧洲的十四个被蹂躏的国家，

它卷起了一个巨大的声音，

那声音

在震响着世界——

审判法西斯罪犯：

希特勒，

赫斯，

戈培尔，

墨索里尼，

日本军阀……

世界是一个大法庭，

全人类请来公正的审判。

我们每一个公民，

每一个被侮辱

被损害的

不幸的人，

都可以提出大胆的沉痛的控诉，

或被选举为公审的法官

一切杀人者，

放火者，

奸淫者，

抢劫者，

一切强盗，

一切法西斯主义的凶犯，

有罪了！

在今日或者明天，

希特勒们就要听候全人类的审判！

1942 年 11 月 27 日

选自诗集《将军的马》，文化生活出版社 1949 年版

# 终点，又是一个起点
## ——从一九三九年七月七日到一九四五年八月十五日，共计八年一个月零八天

绿原

---

绿原（1922–2009）现代诗人，文学翻译家，原名刘仁甫，曾用笔名刘半九，湖北黄陂人。《终点，又是一个起点》是诗人听到抗日战争终获胜利的消息之后创作的一首史诗性长诗。全诗情绪饱满，洋溢着胜利的喜悦以及对于未来建设新生活的企盼。诗作思想深沉，蕴涵丰厚，气势雄浑博大，节律鲜明，反复咏叹，像进军号角般短短的诗行排列，在视觉上造成一种强大的冲击力。历史会证明，这是一首值得进一步深入阐释的杰作。

### 一

中国的
体温
升腾着，
脉搏
弹跃着，
在沉默的厮杀里——
人民响应
胜利！

响应
胜利：
像黑暗世纪
响应

宗教革命!
像俄罗斯的荒野
响应
拿破仑低头撤退!
人民的血管
要干涸了,
但胜利
来了!
是怎样的
胜利呀,
是怎样痛苦的
胜利呀?

胜利
来了:
啊,火种
出现在
冰河时代!

二

胜利是
你的,
中国!
在战争里,
谁没有看见

你的

血呢？

你的血，

在废墟上

融化成

泥土的颜色……

啊，曾经赐给我们

以自由

以信仰

以生命的燃料的

血呀，

将被无数代的中国人民供奉着：

它永远是

中国的

神圣的图腾！

三

这是

九死一生的

胜利，与失败几乎没有距离的胜利呀！

中国人民

再前进！

脚下是

冒烟的弹壳，
头上是
五彩的天空，
我们
渡过了
从奴隶身份到主人身份的
闪电和急雨交加的
狂暴的海峡。

我们还怕什么呢？
连最沉重的
年代，都被
我们担负着
走过。
一江水喝完了
还在乎
一口水吗？

中国人民
再前进！

在那长远的
痛苦的时间里，
有多少座钟楼
受不住风暴般的袭击，
倒塌了？

有多少只秒针
受不住潮湿的腐蚀，
锈断了？

计算时间的
只有
我们的
从红变紫，又从紫变黑了的
血呀！
我们的
变白了的
骸骨呀！
我们的
用以突围出来的意志的
痉挛的
粗糙的棱角呀！
中国人民
再前进！

**四**

起来
再前进
中国的人民！

起来，伤兵！

起来，地下军！

起来，监狱里的政治犯！

起来，沦陷的城池！

起来，混乱的大后方！

起来，再前进，

像太阳

旅行了黑夜

从西方

回到

东方

去！

我们要回去，

不再逃亡！

回去

从火灾的灰烬里

去找寻

没有烧焦的

木材……

回去

盖房屋；

回去

将尸首的堤防

掘成

田亩……

回去

播种；

回去

向褴褛的行列

呼唤

活着的骨肉；

回去

到军旗一致的营房

去同伙伴们

会师！

五

回去，

寡妇！

回去，

孤儿！

回去，

失去了儿子的母亲！

我们将给自己

以肥沃的土地、

强壮的牛、

新的村庄、

有收获的劳动……

我们要

叫家畜同主妇在一起，

叫斑鸠回到桃林唱诗去，

叫白鸥恢复它的笑，

叫马匹到草原去跑；

叫逃亡的婴儿

回去喝

故乡的河水；

叫表兄弟们

互相握手

并且喊出

一样的口令；

叫痛苦的经验

来训练

我们下一代……

六

我们走近

抗敌阵亡将士们的公墓旁边，

不会惭愧！

因为我们一定要

像冤魂一样坚决，

替这些英雄们

报仇！

我们没有死在

炼狱般的时间里，

我们就要

用剩余的生命

去延展

这些英雄们所建筑的长桥，

让下一代

平坦地

走过去！

## 七

人民的军队呵，

当那些没有流过血，

没有流过汗，

甚至做梦也没有想到过

中国还会胜利的

坏蛋们

面对着

中国人民的狂欢

而惊心、

而肉跳、

而阴险地策动中国的第二次难关的时候，

我们的武器

不能放下！

我们的凄凉的记忆

不能遗失！

我们有战斗的知识，

不能迷信

过去的奴隶的习惯！

因此我们有

更艰难的课程：

我们要保卫

这次用多少回伤心的失败换来的胜利，

粉碎

一切肥皂泡般的

保护色，

用新的号召！

用新的战斗！

八

时间

以火车的速率

前进着，

我们呀

必须吐弃掉

过去的唾沫，
咬嚼着未来——
我们要带着
虹色的荣耀
用云块似的钢铁
将中国
建筑在
世界大街上，
与北方的大熊为邻。

使中国的门牌
按着
1945，1946，1947……的号码
改变，
在中国的门口
插着
路标：
——左通欧罗巴
——右通阿美利加

让北方的风沙
向南方吹，
让南方的太阳
晒到北方，
让扬子江
向太平洋流，

让它从巴拿马运河
到大西洋去
再穿过苏伊士
回来；

让黄河的波涛
跟着
扬子江的
波涛，
表现出
中国的
豪壮的风度。
呵，到那时候
中国人民
决不再是
痛苦的原子，
连我这个羞涩的歌者
也绝不会再
为人民的苦难
而低头哭泣……

## 九

我们将最后
庆祝
胜利——

不用鞭炮，

不用狂吹的号角，

不用氢气球，

不用上抛的草帽……

而用一种虔诚的默祷！

——默祷

殉道者们，

——默祷

一个在敌人的射击之下尽职的传令兵，

——默祷

一个死了还不倒下去的旗手……

我们

庆祝

胜利——

不用放映电影，

不用表演戏剧，

不用遵守红字日的规则，

而用

德谟克拉西的实践！

而用一种

今天流的汗与昨天流的血可以比赛一下的工作。

1945 年

选自诗集《又一个起点》

# 地道（长诗节选）

胡茗茗

---

胡茗茗（1967- ） 祖籍上海，现居石家庄。中国作协会员。出版诗集《诗瑜伽》、《诗地道》等四部。现就职于河北电影制片厂。

苦难给我们恐怖，而我们用它来抒情。

——题记

## 一

我们所要搭乘的路线：

70 年前、百年以后、公元前

乘客：男人、女人及其死者

方向：秘密、空缺、安全

司机：时间

……

## 二

每个人都是一处地道

我是自己，也是别人的

完善你的秘密

不然，就完善恐惧

白天我们是牛马，是烈火
夜晚是鼹鼠是三窟的兔子
我钻，我被钻

不要以为看不见我我就看不见你
不要以为你们不在，其实正在

三

十月光芒倾泻而下
它怀抱村庄如怀抱婴儿
隐秘的事物被时间掩埋被往事打开
它有鹰一般的饥饿，目光幽深
枯草的手指虚掩洞口的潮湿

在秋风之上，老槐树旁
——钟声荡气回肠
它唤醒记忆沿岁月攀爬
捕捉冰凉闪电，将危险的警示
插入岩石和砖墙

同我一起生长吧，兄弟
只要你一开口，我就迅速沉默
迅速埋伏身体，只留刀枪

村庄的表面气定神闲

真正的杀气沉在地下
土褐色的血管流向四面八方
我们是蹲着移动的蛤蟆
我们要活着

## 四

触摸着死亡的紧迫和灼热
插进地球生殖力最强的部分
我们挖，我们挖

我们的祖先在这里，粮食在这里
男人、女人、后代在这里
不再抱着空旷的大地恸哭
我们挖，我们挖

藏起身体，只留耳朵
藏起牛羊，只留地雷
蹲着、爬着、挖着、倒腾着
不见天日，委屈中求以保全
我们挖，我们挖

## 五

挡都挡不住的土扑面而来
华北平原病了，冉庄疯了

几夜之间村子多了无数暗兜
她将接纳我们不被伤害
像一个女人接纳她深爱的男人

活与死，动与静，过去与现在
坟墓与被窝，我们一尺一尺挺进
一米一米接近安全

世上本无路，我们踩出了路
地下本没有洞，现在它通了

## 六

连呼吸都是无谓的
连眼泪都是可耻的
所有的叩问都不再需要回答
我不是活的，也不是死的

总会在深夜徘徊树下
整座村庄的睡眠也压不住
一颗总想往外跳的心
老铁钟时刻睁大警惕的眼睛
既怕它响，又怕情况来了它不响

征服通过谋杀，秘密无所不在
我们与他人分别构成不同秘密

外表貌似平坦

暗中沟壑万千

以陷阱对付追踪

以“翻眼”对付毒气弹

以水的回流粉碎湮没

我以草根的不屈

对付黑白的屠刀

## 十一

土房灰瓦，老藤映墙

我年轻的姥姥盘在炕头

对着曾贴花黄的镜子

缝补儿子被偷回来的尸体

这是肩头的枪眼，这是胃部和腰的刺刀

这是被活埋时鼻孔里的黄泥

这是血衣中发现的《就义辞》

她每天在斑驳中辨认伤口

疼痛如枪声一响再响

她低下头去一缝再缝

在一个有雾的早晨，风正清清

我年轻的姥姥终于睡去

带着她在心里缝补不停的衣裳

头也不回地冲进敌群

拉响了自制的土手雷

## 十二

那么多的秘密掩盖那么多的苦
黑色的蚂蚁进出蓬松的洞

你在黄土的这头，我在那头
中间隔着一口青花瓷碗
我们轮流喝里面的水和复杂
遥远的钟声隐约震颤

月亮忍不住探进头来，它要看看
那在人心里被悲欢离合炸开的空洞
——到底，有多深

## 十五

生死之间没有通道，有的只是钟声
一代接一代地敲

温顺的羊群被谁的鞭子驱赶
朝着共同的归宿，边死，边生

以为遥遥无期的山谷其实脚下即是
有人以减法计算它的开裂，有人

以乘法的热度行走——革命——伟大的爱

死，是一截一截到来的，仿佛阶梯
上下任选，不能停留，否则出局

一道门关上，一道门打开
一阵风过去，另一阵又来

## 十六

苦难给我们恐怖，而我们用它来抒情

在时空转换中我不停转换角色
农民、战士、诗人、理想与现实主义
手中的锄镐、刀枪更是挥洒的笔锋
打开或者封闭；掏挖或者填充
热气腾腾的我都在这里，都在这里
我们互为工具互为战场互为友敌

大雨倾盆而下，瞬间落红无数
有信仰的人们从上面走过
天地洪荒、混沌
道路有无限可能

# 我流了几吨的血（四首）

雷平阳

雷平阳（1966- ） 当代诗人，生于云南昭通土城乡欧家营，现居昆明。供职于云南省文联，云南师范大学特聘教授。

## 怒江

怒江边上，流水的声音里
有一位老战士
在对着天空说话
“在岸上的松树林中，那几年
与鬼子兵作战，我浑身都是弹洞
我的血，天天都在向外流
却没有流光……”
他的声音孤独、冰凉，像七十年前
射出，但至今没有落地的子弹
“卷入这场战争，从我身体里
流出了几吨的血！”

## 在国殇墓园

我更愿意相信：长眠在这儿的人
他们是没有国家的狮子和老虎

是不属于任何一个科属的草木
那一场置他们于死地的战争
他们是听命于爱神，受雇于战神
然后，死神给他们加冕
把他们安顿在了这儿

## 葬礼

在自己的葬礼上
我来到墓碑边的石栏
坐下，歇口气，于送葬的人群中
辨认我已经进入暮年的儿子
人们把不知是战友，还是敌人的枯骨
装入写着我名字的灵柩
抬着它，缓缓地向我走来
准备把“我”埋掉
他们不知道，我还活着
早已改名换姓，偷生于记忆中的
尸山血海，是一个反现实主义的幽灵
哦，我的儿子，他步履蹒跚
哭起来的模样像一个孩子
路过我身边的时候
他看了我一眼，以为我是一个
与葬礼无关的老人

# 松山

松山的松涛里有杀伐之声
和鬼哭。青草却长得十分舒展、自由
就连路边的悬崖上，几棵香樟
以及树上的飞鸟、树底的白雾
其劫后余生之美，也令我内心震颤
夜晚是安宁的，反战的
像带状的黑布
遮住了群山弧面下的一切
但星斗仍然拒绝消除人世的恐惧
睁着的一双双眼睛
像高悬在头顶的弹洞

# 以诗人的名义（二首）

周庆荣

周庆荣（1963- ） 笔名老风，出生于苏北响水，现居北京。"我们——北土城散文诗群"主要发起人,《大诗歌》主编、《星星·散文诗》名誉主编、《诗潮》编委、上海交通大学《诗国际》杂志社社长、首都师范大学中国诗歌研究中心兼职研究员。

## 独祷

——以此诗警惕那些法西斯阴魂不散的乌鸦

和平了，黑白颠倒的废话由一只乌鸦在说。

乌鸦站在一位勇士的墓前，它站在刻有一个生命名称以及长度的石碑上。勇士死于一场正义的战争，拿枪的手在深深的土里沉默已久。他无法让乌鸦闭嘴，和平了，他属于带有硝烟的勇敢。我相信乌鸦是没有能力成为反革命的，它黑着身子亮开嗓子，飞翔着传播不和谐的声音。它似乎更怀念那些让这位勇士倒下的人。

日子就这么太平很好。

勇士可以不拿枪，不让刺刀见红。他可以耕地播种，做麦田的守望人；他可以管理园子栽花锄草，等到他有了爱情，随便摘一朵花就让半个天空笑得云霞灿烂。

勇士躺下已经许久了，我活在和平里也就是活在他的未来里。他的未来依然飞着许多乌鸦，不说人话，左翅膀扑闪阴谋右翅膀扇动欲望。

四月的黄昏，我独祷：没有了战争，勇士就从此不会成为先烈。

乌鸦走远，黄昏该是多么宁静。

## 大画布

把一张大大的画布留给我。

我就要开始画画了，世界这么大，我不能把它画小，我想画出一个好世界。

画山画水画好人，画天空并且不忘画下自由的云彩。画庄稼给所有饥饿的人，画路给那些就要绝望的人，画鲜花画上瘾，谁善良厚道我就画一朵给他，谁克服黑暗让人们走出苦难，我就画下人心的光明和热爱。

画江山如此多娇，画和平画得我双目充满了泪水。

我收集战争留下的灰烬，用最黑的颜料画下地狱，那些让世界生灵涂炭的牛鬼蛇神，是地狱里最坏的鬼。

我画人间永远的繁荣，画宁静画成一只鸽子。鸽子于是在天空飞。

大画布上，最后就是一只鸽子。世界安静，鸽哨在响。

# 像阳光一样照耀他们（外两章）

爱斐儿

爱斐儿（1966- ） 本名王慧琴，诗人。获“第四届中国散文诗天马奖”、“首届河南诗人年度奖”、“中国首届屈原诗歌奖”银奖。

如果枪膛对战火说：“我要长出玫瑰。”

还需要多少人去再次牺牲？

如果万物都要求和平地生长。

还需要多少人，从仇恨和掠夺的欲望中觉醒？

如果所有的人，都祈望远离战争的阴影。

还需要多少人，去把这段蹉跎的年月填平？

如果战争再次让那些农夫或学子，甘愿与刽子手和鬼子同名，甘愿成为日寇和魔鬼的同义词。

还需要多少蘑菇云，去消除一个民族对另一个民族的刻骨仇恨？

如果眼神清澈、童声稚嫩的孩子问我：“人类为什么会有战争和杀戮？”

孩子，请让我清除内心的乌云，等我把耻辱和仇恨的芒刺修剪干净。

我会对你说：“这个世界，有许多人被黑暗包围，如果你能成为太阳，就去照耀他们吧！”

## 晨祷

阳光从明亮的露水上升起，河水流淌，杨柳青翠，白鸽子从蓝天中起飞，海棠和丁香花开得正美，安宁的气息浸透淡淡的香味，遍地花草站在阳光的中心，迎送着安闲或脚步匆忙的人群。人们从这样的清晨出发，心中装满希望和爱情，走向自己甜蜜生活的城市或乡村。

他们和我一样春风拂面，拥有幸福和梦想、拥有祖国和家园，却因一个日子的临近，在心中装满鲜花和墓碑。

在这样美好的清晨，谁都无法阻挡战争的恐惧和阴影，从七十年前的方向往回吹。

作为出生在和平年代的人，我们一出生就背负着父辈的命运，并接受了和他们一起埋葬过去的使命。

我们共同埋葬过那些想想就不寒而栗的名词：

“集中营、毒气室、大屠杀、细菌战、活体解剖、大轰炸、强奸、活埋、屠城……”

这些想想都觉得无比残忍的名称，像梦魇一样跟随我们的记忆，阴魂一样驱之不散。

埋葬的经历，让我们的记忆伤痕累累、倍感耻辱！

——为人类被彻底颠覆的人性！

埋葬的经历，让我们想把那些被迫化身黑烟或泥土的生命，唤回我们心里再活一次，让他们延续一个慈母、一位严父、一位慈祥长者、一个幼稚孩童、一位娇妻、一位如花少女、一个青春少年的生活之梦。

埋葬的经历，也让我们怀抱这样安宁的清晨，久久不忍放手。

这样的清晨，我一边走一边埋葬，我希望把这个叫作“法西斯”的东西，越埋越深，直到我们在人性之中再也见不到他们的鬼影。

## 刮骨疗毒

——写给钓鱼岛

你是我的一场大病
是甲午年，一支带毒的暗箭留下的病根。
钻心之痛，在亿万颗受伤的心灵上噬骨。
一百年，足以让我再生一次；
足以让我的祖先和姓氏，重新在我的血脉中沸腾一次；
足以让我长出新的风骨与气概。

今天，我不想再用一衣带水去感化一条毒蛇，学会忏悔与感恩；
也不想再用唇亡齿寒，来麻醉腐烂化脓的仇恨。

今天，风清，日朗。
备酒，摆好棋盘。
“拿刀来！
我要刮骨疗毒”！

2012年9月

# 鲜花与热血（组诗）

大卫

---

大卫（1968- ） 本名魏峰，江苏睢宁人，现居北京。中国作家协会会员、中国诗歌学会理事、《读者》杂志首批签约作家，曾被读者以网络投票方式入选“中国十大优秀诗人”。曾做《诗刊》编辑，现为专栏作家，图书策划人。

## 我喜欢的词……

我喜欢的词都是滑溜溜的
像一朵花
被天空推到天涯

我喜欢的词，同时属于
两个国家
在鸽子的眼睛里
橄榄树落光了叶
只有风把硝烟
搬进一个个字的骨头里

我喜欢的词，云朵一样
洁白，棉花一样柔软
有滑溜溜的肩膀
她受伤的姿势

让大刀有了仇恨

花朵把拳头举起

鸽子飞过天空的时候

有人站在枪声里

有人在枪响之后死去

能闭上眼睛的都不是祖国

这一块灼热的土地

每一棵萌出的小草

都有一个滴血名字

## 命名

能让大海闭嘴的

除了天空就是

鸟的叫声

鲜花所反对的

是子弹呼啸时

所产生的风

月亮以国家的名义

照亮那些逝去的英雄

谁的名字

都是流水

那些在七十年前

没有回来的人

将被鲜花与热血命名

## 重读孙犁《荷花淀》

月光多么好

月光落在头发上多么好

落在肩膀上多么好

月光同时落到头发上

和肩膀上多么好

编席子的时候

苇篾在手里弹跳着多么好

荷花的香气悄悄漫过来

像女人的身子微微靠过来

那种气息是珍珠

也模拟不出来的

在月光下编席子

想女人就在荷花的香气里

世界安静

月光落到手臂上

落到编席子的指头上

风很小

树还没有长大

草沾着露水

世界接近于透明

多么好啊

鲜花可以像鲜花

那样宁静

鲜花可以像鲜花

那样发疯

多么好啊

白天受惊的牲口

正嚼着夜草

享受片刻的安宁

连枪都睡着了

躺在地上子弹

是它打出的鼾声

2015 年 4 月

# 弹壳口哨

大解

大解（1957– ） 原名解文阁，生于河北青龙，毕业于清华大学水利工程系。其16000余行的长诗《悲歌》被评论界称为“东方的创世纪史诗”。现就职于河北省作家协会，为河北省作家协会文学艺术委员会负责人，兼河北省诗歌艺术委员会副主任、秘书长。

我有一颗子弹壳，我把它做成了口哨，

小时候吹啊吹，并不好听，但我没有别的乐器。

因为穷，我只好生在山区。

因为山野荒凉，不需要旋律，

而一个野小子，得到了放纵和默许，

我就吹了。

在河边吹。在风里吹。走路吹。奔跑吹。

无腔无调，使劲吹。

伙伴们聚在一起，轮着吹。

那时我们小如玩具，并不知道，

这个可爱的小东西，曾经是杀人的利器。

2015年4月

# 祈愿（外两首）

孙晓杰

孙晓杰（1955－ ） 笔名青羊，山东寿光人。中国作家协会会员。1981 年开始发表作品，在《诗刊》、《人民日报》等报刊获诗歌、散文奖。

我要写下这样的诗篇：一页，又一页
像镀着宁静月光和湖柳幽影的瓷片
贴满，我们和平家园的墙
当凶猛的炸弹飞射而来
那些诗篇，母性的温情和爱意
使它们突然停了下来。好似
一群刚刚睡醒的孩子，站在那里
抬着头，喃喃地，读着微风和花朵的梦想
忘记了野性，像一圈乖巧的围栏

# 汉奸

在一夜之间，他把自己的血液换了
端着敌人的刺刀，挑开了姐妹的乳房
把父兄屈辱的心献给强盗的祭坛
让狞厉的铁蹄在血泊里狞笑

这些伪劣的种子！丛生我广袤的平原
以稗子的成熟，让我的村庄挨饿
他的软弱之硬，像矸石，混迹于
燃烧的炉火，减低了我的民族的热力
带来长久的寒意

他是我的同胞！我们一母所生
他谄媚的笑，让母亲掩住脸面
无颜活着，也无颜死去

汉奸！让我把牙齿咬碎
咬碎成沙粒又被愤恨和羞愧的风
扬起，迷住岁月的双眼
他——依然活着，而英雄正一个一个倒下

自己是痰而把生命当作痰迹
猪狗不如而玷污了猪狗的名声
与汉奸相比，敌人更值得赞美

## 聂耳

大路上站着苦楚的歌女和梅娘

我在大路上已奔波得太久，黑暗如冷雨

扬起的土尘像石块，击伤了黎明的脚踝

年轻的煤啊，你发出黑天使的光芒

我的灵魂有太多的耳朵，它像呼啸的隧道
它把沉郁和激越的岩浆从我的心中喷出

风云里的儿女，他们正把帆影送给星空

在我点燃你们之前，我已热烈如火
让我用通红的身体，点燃大海，和山峦的风

冷雨如箭，在蔚蓝和沁凉的眠床上你是否安息

看那些浪花吧，全都是我生命的音符
在我沉没的痛苦里，它们曾经是眼泪

你用号角的歌喉唤醒一个民族的日出

是的，起来，并且前进，发出最后的吼声
忠诚的鲜血，像旗帜在故乡的炊烟里翻飞

将我们喷涌，你成为唯一的圣泉

虽然骄傲在你们的忧伤中悸动
“我依然在梦想与死亡之中为你们搏斗”

# 记忆的权利（组诗）

刘向东

刘向东（1961－ ） 笔名雾灵山人、向东，河北兴隆人。中国作家协会会员，专业作家。组诗《记忆的权利》1996年获中国作协抗战征文奖。

## 鬼子坟

这个鬼子

一开始就踏上了错误的道路

故乡在他的大头靴里

征途在遥远的他乡终结

埋地雷的人

把他

埋在了

埋地雷的地方

鬼子坟

是不是另一种形式的占领？

这是我们的土地

连孩子也知道

我们的！

要不就让他留在这儿?
让他反思其实并不遥远的历史?
让他说说
都看见了什么?

你不是我们请来的
或许也不是你情愿来的
不管怎么说你得想想
为什么你来了但不能回去

鬼子坟
对于我们美丽的乡土
永远也不会成为风景

## 消息树

山梁上有独立之松
那是当年我爷爷他们抗战时扶着消息树的地方
前几年还有老人朝高处随手一指说:
“看，消息树……”
——题记

悠悠高于春秋的树木
在枪林弹雨中抵达峰顶

所有的年轮
围绕一颗心
而每一片叶子都是眼睛

悠悠高于生死的生命
与生相依
以死命名
倒下去是为了站起来
把一口气徐徐向上引领

悠悠高于自然的造型
被偶然确立于仰望之中
于是所有松柏
沿着山脉向上
在你的影子里四季常青

## 大刀进行曲

就在那年春天
喜峰口那一仗
打大了！
我爷爷说——打大了！
大刀队砍得鬼子头满山乱滚

大刀队砍得鬼子头满山乱滚
《大刀进行曲》唱到如今

夕阳西下之时
我上到长城的高处
看见往来依旧的烟霞
依旧是浴血的兵马

青草，红荆
巨大的向日葵
和我一起守卫长城

忽然又想起了我爷爷
我爷爷说
他不是我的亲爷爷
我的亲爷爷让鬼子抓走了
从喜峰口走的
再没回来

可是我看见他回来了
朝着喜峰口回来了
白骨在路上
影子在奔走
保卫长城

古北口褶皱的唇间

长城已是残缺的牙齿

风也悲嘶
雨也悲嘶
遥遥战马
遥遥地悲嘶

灰飞烟灭了
太阳旗不落的梦想
而有一些故事草一样青
保卫长城——
老爷子在这儿抬担架
老太太往这儿送烧饼

刀与枪从不失去记忆
石雷和铁雷都睁着眼睛
青砖白骨
携起手来为我们作证

砖里有砖
石头里有石头
骨头里有骨气
长城有根

我看见征尘未洗的亲人
隔着城砖看我

尽管那只是眼神的反光
还是让我读出了我
和他们相距咫尺的命运！

## 纪念碑

说得很对。纪念碑
一株开不败白花的植物
有时像一只跷起的拇指

其实是一支手杖

就在那个夜晚
我摸到在炮火中横飞的青枝
支撑起前进的愿望

当我面对朝阳
在一种力量形成的瞬间
随手将手杖插入石头

依然是一支手杖

# 胜利的记忆

记忆是不灭的物质
是一种权利
假使它不在我们的大脑中
也应该在山河里
浸入泥土和空气

胜利的记忆
是战斗的记忆不屈的记忆
不是欢呼
是对死亡报以无畏和英勇
一寸山河一寸血
对生命和生活充满敬意

鬼子来了
山河奄奄一息
我不自救谁敢救我?
于是我们去打仗
大刀向鬼子的头上砍去
菜刀向鬼子的后背砍去

这就是记忆
为了抵抗命运

为了一口气
有杀不死的精神
凡人成为英雄
可以放弃脑袋
但不能把沙子揉进眼里

这就是记忆
是一种权利
也是庄严的法典和启示
人无分长幼
栽下头颅长出壮士
地无分南北
种下落日收获晨曦

# 带血的鞋掌（外一首）

刘福君

刘福君（1964- ） 笔名黑河，河北兴隆人。中国作家协会会员，现为承德市作家协会副主席。

我爷爷被日本鬼子杀害了
尸首喂了野狼
我父亲找了三天三夜
找回一只带血的鞋掌

他常常对着鞋掌发呆
把牙咬碎了
咽到肚子里

前些年听说我的叔伯大哥
去日本东京读博士去了
父亲在炕上来回折饼子
睡着了还睁着眼睛

2007 年 8 月
我在青海湖国际诗歌节上
碰到两位日本年轻诗人
我说："你们日本人
还欠着我们家一条人命呢！"

“对不起，对不起！”
他们赶紧冲我点头哈腰

从青海回来
我对父亲说起事情经过
他老半天不说一句话
只见他已经八十岁的鼻子一酸
而佝偻的腰猛然直了起来

## “五虎”之一雷永顺

打小爱听你讲故事
故事里的星星和月亮也会打鬼子
闪烁着智慧的光芒

五个硬朗朗的英雄中
你是我心中英雄中的英雄
鬼子最怕你的土地雷和石头手榴弹
更怕你这个土八路的神出鬼没
据说一听到你的名字鬼子就跑
跑到梦里
也会被你一把捉住

而你的梦更加神奇

你梦见大片大片的树叶在落日里

哗哗地纷飞

你说，“小日本快完蛋了”

果然三天后鬼子举起了白旗

与鬼子拼死八年多的故事

你给我讲了很多很多

三年内战

你却一句也不愿多说

就像你高枕着青山

在向阳的山坡上

默默地看着我们

和我们的今天

# 凝望太行（组诗）

郭新民

郭新民（1957– ） 中国作家协会会员、中国作家书画院副院长、中国诗歌学会常务理事、山西省文联副主席。曾获首届中国艾青诗歌奖、“赵树理文学奖”等。

## 英雄墓碑

高高站立在太阳的凝望中
那些散淡的鹰隼自由的野花
都能说出它的名字
这些冷峻的石头
勇敢坚硬的石头
这些无言的石头
是活着的生命和灵魂
是英雄沸腾的血肉
告诉今天
告诉这个浮躁的世界
这些英勇牺牲的人
是石头又不是石头

哦，英雄墓碑

它以切肤镌刻的方式
让轻蔑的风凝重起来
让飞鸟的翅膀沉重起来
让从它身旁匆忙经过的人们
不再麻木不再逍遥
让已经走远的历史
一再回首

一再想起那句名言——
忘记过去
就意味着背叛

## 黄崖如刀

——太行山黄崖洞，地势险要，崖挺如锋，壁立千仞，堪称太行天险。

在抗日战争艰苦的岁月里，黄崖洞是八路军兵工厂所在地，曾经历过战火硝烟的洗礼，曾发生过著名的黄崖洞保卫战，曾立下赫赫的不朽功勋……

一把把天生的战刀
傲立太行峰巅
依然是当年风度

凛然的刀

威武的刀

愤怒的刀

叱咤风云的刀

大气磅礴的刀

勇敢和正义的刀啊

让英雄无比钦敬

叫敌人失魂丧胆

好刀起舞

历史溅泪

太行之刀啊

大山的刀

革命的刀

英雄的刀

战士的刀

朱总司令的刀

彭大将军的刀

左权倒下又站起来的刀

哦，所向披靡的刀

寒光闪闪的刀

疾恶如仇的刀啊

对侵略者和野兽

就是逾不过去的栅栏

一把把好刀

是历史淬火的刀

岁月磨砺的刀

战火硝烟

锤炼熏蒸的刀

是凛然自尊的刀

民族精神的刀

红色经典的刀

抒写胜利的刀

是不可忘却的刀

是与史诗一起朗诵

永不生锈的刀啊

## 一群孩子，飞进一座老院

——太行山，一个砖壁小村，曾是抗日战争中八路军总部所在地，

如今，它被确定为红色革命教育基地

做梦的鸽子让蓝天飞翔

多彩的心灵使世界缤纷

一群孩子，鸟一样飞进一座老院

这个午后，他们是翱翔的翅膀

天真快活的羽毛
更是惊愕和迷惑的眼睛

一群唱歌的鸟倏然失声
他们流泪、恐怖、震撼
第一次闻到血腥，第一次懂得
什么是强盗，什么是英雄

他们在瞬间长大
瞬间知道幸福的含义
胸前的红领巾飘啊飘
像风像飞
更像一双手拍了拍
他们的肩膀……

# 我在奥斯维辛，留下眼泪与愤怒（组诗）

黄亚洲

黄亚洲（1949- ） 诗人，影视剧作家，生于浙江杭州。现为中国作家协会影视委员会副主任，曾任中国作家协会副主席、浙江省作家协会主席。

## 奥斯维辛是我们大家的

奥斯维辛不是希特勒的，不是的
是我的，是你的，是我们大家的
是子弹取出之后，人类太阳穴上，一根蜈蚣状的
不会褪色的疤线

如果你翻看人类灾难史
一边流泪一边抽烟
此时一粒火星掉落，史书烙下一个洞
这个洞就叫奥斯维辛

这个洞容量很大
里面有一座鞋子的山，一座眼镜的山
一座金色头发的山，一座假肢的山
如果有青烟从洞口冒出

那就是焚尸炉在工作了

冒出的，也有可能是毒气室的气体
德国公司精心研制的
希特勒想把人类文明的所有成果
都一丝不挂地毒死

当然，他自己，一直是穿戴整齐
他的军服，是女人的头发织成的
一只人皮灯罩，夜晚
供他阅读

他想从人类的躯体里
汲取魔鬼的胆汁
他把吸管，伸进了位于波兰的
一个叫奥斯维辛的洞洞

但是奥斯维辛不是希特勒的，不是的
是我们大家的，如果
人类在未来的某个时分，再来一次可怕的痉挛
那么，太阳穴里面，那个残存的病灶
就必定是奥斯维辛

史书上烙下的洞，往往难以修复
我的痛苦，也就在此

# 奥斯维辛：女人的金发

这是毛骨悚然的发现
先是，发现这些牢固的褐黄色的布，都是用
女人的金发做的
继而，发现这些头发里，都有毒气残留
莫非女人的头盖骨，是带毒的土壤？

女人的毛发，那是人类的符号，甚至
是人类的文字啊
是传之久远的东西，是永远不死的草

此刻，在这里，女人的毛发年年发芽
叙述着世界的一个金黄色的秘密
这秘密是一团气体

这些一丝不挂的金发女人，最终
成为金色的烟
她们不知道她们身上最后的一点东西
会飘动的东西，并没有成为烟雾，而是
织成了布，专门给深夜抓捕她们的军人
御寒

战争需要女人的温存，哪怕是死去的女人
这就是这个世界的秘密

这个秘密是气体做的，不太好言说
只能，在这里展览

这些女人，甚至不知道她们是在走向毒气室
她们以为是走向炊烟
走向面包的香味，她们因此计划着
马上给婴儿喂奶，因为她们的民族的未来，已经
皮包骨头

我的思路，现在已是一团毛发
我眼前，这些还没有变成布的毛发，这些
本来会飘动的东西，正互相纠缠着
缠成一大团象形文字
这些文字，只要有一半进入典籍
全部的人类苦难史，就编撰完成了

世界的最可怕的秘密，也就会随之揭开
这些金色的，由气体织成的
战争的裹尸布啊

## 你怎么讲解奥斯维辛

讲解奥斯维辛令人窒息
因为，你要讲解毒气

那种毒气每一次都能带走两千颗心脏
你要讲解如何从死人嘴里掰走金牙
讲解一种试验：活活饿死一个人
需要多长时间，精确到秒

雪白的牙齿很难讲解黑暗
太阳很难理解没有窗户的房间
少年和姑娘无法想象，爱情的玫瑰色
如何在毒气室里，一寸一寸，变为青紫

导游说他很不愿意来奥斯维辛
因为，焚尸炉，每一次
都要在他的咽喉冒出青烟
他说他的肠胃会痉挛，就像当年那些躯体

导游说每次参观完毕后，他都不愿
询问参观者的感想
他想象得出一个活人在剖膛时分的表情
他说，你的脸一直在爆炸

所以他不愿意说，也不愿意问
但是他必须到这里来，率领人们
从腐烂的胃，走入腐烂的肠道

当然，讲解仍在每天进行
更多的欧洲人、美洲人、亚洲人在朝这里赶路

教鞭有多直

他们的航线就有多直

在断墙前，点燃一支小小的蜡烛

就足以驱散五十年的黑暗

因此，导游又开始艰难地说话了

他全部的解说词

就是教会你，怎样哆嗦着，点亮这朵火苗

# 木腿

韦锦

---

韦锦（1962－ ） 原名王家琛，生于齐河。先后就职于胜利油田、中油建材总公司、中石油管道局。多篇作品广为流传。

罗大声回村时左腿伤口已愈合
个头比当初高了约两公分
一走路，中心偏向左边

他嗓音很低。震耳欲聋的年代
没改他的秉性
和他说话，周围得静下来

他说那仗打得太惨烈
那颗鬼子的炸弹来得太鬼
他反应再快也没用

取弹片时，灯光照亮一双护士的眼
他咬牙，出汗，不出声。他很想看看
她的脸，鼻梁，嘴唇和牙齿

她给他换绷带比谁都勤

她的手像糯米面团一样软
他第三天就颠着腿去外面撒尿

故事还没让乡亲们听厌，左腿出了大事
先是肿痛，破溃，流出黄黄的臭味
他被接走，送回，左腿换成木头

每天早晨，他给左腿换绷带
把假肢裹得雪白。他甩开拐杖向村外走
走到河边。谁要扶他，他就怒吼

院子里，洗净的绷带
晾在酸枣树间，在风中翻卷
篱笆外，没人敢大声说话

和平意味着寂静，一览无余的岁月
日子一层层裹起，一层层解开
他不再怀念战地医院的灯火

走在绷带里，木头有他的体温
他觉得腿还在，自己还完整
河还在村边流，天还在头顶蓝

二十年后，一个深夜
他在床上抽烟，烟头引燃被褥，引燃
绷带，引燃木腿，引燃了房顶

看着焦糊、残缺的罗大声皱缩在灰烬的中央
有人惊恐地瞪大眼。有人嘁嘁喳喳。有人
再无禁忌，放开嗓门儿哭出声来

罗大声死了。死于非命
死于战争留下的阴影
这一切他是不知道也不管了
没过多久，他的坟头长满了野草

# 紫荆关（四首）

刘立云

刘立云（1954– ） 中国作家协会会员，江西井冈山人。1972年参军，历任战士、文书、省军区宣传干事，1978年考入江西大学哲学系。1985年调解放军文艺出版社工作。诗集《烤蓝》获第五届鲁迅文学奖。

## 听某老将军说八年抗战

他们用比我们提前一百年的钢铁打我们
又用比我们退化一百年的
野蛮、凶悍和残暴
杀我们。并且训练有素，信奉操典
和武士道，枪法百步穿杨
如若落入绝境，不惜刎颈、切腹、吞剑

只有熬。只有在血泊里熬，在刀刃上熬
只有藏进山里熬，钻进青纱帐里
熬。只有把城市熬成废墟
把田野熬成焦土，把黄花姑娘熬成寡妇
只有在五十个甚至一百个胆小的
人中，熬出一个胆大的
不要命的。只有把不要命的送去打仗

熬成一个个烈士。只有像熬汤
那样熬，熬药那样熬。或者像炼丹，炼铁
炼金，炼接骨术和不老术
只有熬到死，只有死去一次才不惧死
只有熬到大象不再是大象
蚂蚁不再是蚂蚁
只有熬到他们日薄西山，我们方兴未艾

只有把一座大海熬成一锅盐，一粒盐……

## 紫荆关

我看过七十年前的那张黑白照片
看过在城头上站着的那三个
八路军，他们何等英俊
和威武！就像三根旗杆笔挺地插在那里
就像三束阳光，融化了那年的
积雪、悲怆和深深的哀伤
我还看过那几个打扫战场归来的背影
肩负三八大盖和小钢炮，步伐
整齐，正向城下的门洞
走去，如同一队骆驼穿过针眼儿

当然还有看不见的，它们隐藏在

照片的背面，时间的背面
比如血，总是往低处流
比如他们中有的人，此时此刻必须在山冈上
掩埋尸体。不！不是侵略者的尸体
对他们只能用一把火烧了
让他们死无葬身之地
而是我们的战友，他们大片大片
倒卧，有的咬住对方的耳朵
有的锁住对方的喉咙
必须把他们分开，必须每人挖一个坑
小心安放，然后在一块木板上
写上他们的名字、籍贯、战死的时间
以便回过头来，给他们立碑

如果你的方位感足够好，那么请往
左边看，那里是倒马关，再往
右边看，那里是居庸关
如果你听见了哗哗的流水声
我要告诉你，那是易水，荆轲曾在那里
磨过剑。如果有一座峰峦挡住你的
视线，我还要告诉你，它叫
狼牙山，我们有五个壮士，飞身
一跃，在那里跳过崖……
就是这样关与关相扣，山与山相连啊
当春天到来，漫山遍野的紫荆花
疯狂盛开，这时你才知道

那是一朵朵喊叫的魂，喊叫的命

而岿然不动，在照片最深处站着的
是我们的心脏，我们的太行山

## 在欢呼的人群中

那么多的人在欢呼。那么多男人和女人
老人和孩子；那么多鲜花，旗帜
泪水，噼噼啪啪炸开的
鞭炮。他回头慌忙寻找他班里的兵
寻找赵山西、钱山东、孙河南
李河北、周四川……还有胸膛被三八军刺
戳穿，仍然咬着牙往前一挺
把那个鬼子也戳穿的
吴四痞子——呵呵，你瞧
你瞧，连这个兄弟的籍贯都忘记了

在沸腾的大街上走，在人群和花丛中
走，他找不到撒尿的地方
也找不到像那天那样，兄弟们都战死了
他握一把大刀，号叫着冲上去
撒野的地方。当他发现自己
还活着，浑身的血

浑身污浊腥臭，像泥浆那般糊了他
一身的血，他奇怪地问自己：
你真还活着？为何还活着？
谁给你三头六臂？谁允许你借尸还魂？

然后用脚去踢那些尸体，踢那些鬼子
被劈碎的肉块。他渴望有一个
混迹其中，突然跳了起来
和他肉搏。这时他会说：狗日的
你来啊，来啊！有种把我也劈开
有种让我也死一回。但是没有，没有一个鬼子
是活的。然后他便哭了起来
呕吐起来。然后他爬上最高那座山梁
站在天空下，孤苦地喊那些名字
他喊赵山西、钱山东、孙河南
喊李河北、周四川……
喊连籍贯都被他忘记了的周四痞子

但走在大街上，走在人群和花丛中
他找不到撒尿的地方，更
找不到撒野的地方
甚至找不到一个万籁寂静
用他嘶哑的声音，再一次喊叫的地方
而他就想回到那座高高的山梁上
呼天抢地地喊，撒泼打滚地
喊！就想把他失散的兵

喊回来，把漫山遍野的鬼，喊回来

## 同床共眠

睡觉的时候他从来不脱内衣
从来都是先把灯扑灭
在黑暗中进入
像个贼

他黑？这是当然的。看得见的地方
像夜晚那么黑，像煤黑子那么
黑。看不见的地方
她从未看过。虽然她是有资格看的

就是个农民！蛮野粗黑那种农民
连做那种事也像耕地
下死力气
喉咙里传出咕噜咕噜
牛饮的声音。她感到他是在用骨头硌她
用铁硌她
那么冰凉尖锐，那么硬

那天他躺在那里还是不脱内衣
这次是不得不要脱了

这次她帮他脱

六十年后。终于。她被这个人吓坏了

被他满胸膛丑陋的疤

被满胸膛丑陋的疤歪歪扭扭

标着的那些地名

比如雁门关，比如紫荆关

比如插箭岭，比如黄土岭

六十年。她发现在她的床上

睡着一只老虎

# 士兵雕像

朱建信

朱建信（1956- ） 山东青州人。1974 年参加中国人民解放军，1985 年调入济南军区空军政治部创作室从事专业创作。中国作家协会会员。

一座和一百座是一样的

这个国家的和另一个国家的是一样的

石质的和铜质的是一样的

披着硝烟的大氅，阳光睡在身上

表情是一样的：凛然肃穆

我听见他们说——

我们不笑，为什么？

你懂的。我们不哭

为什么？你懂的

我们热爱兵器：最有力的一只手

热爱战场：把热血交付给它

你懂的。你不懂，我们也不在意

我们热爱死：握着枪的死

——我们的遗言

我们献给和平的礼物和祝福

和平总是从战争中起步

止步于下一场战争来临?

我望着他们，他们望着世界

# 不可忘却的记忆（三首）

李轻松

李轻松（1964－ ）辽宁凌海人，诗人、小说家、职业编剧，中国作家协会会员。

## 一页日历

918，1931，这页日历早已经翻过
可历史却无法翻过你
那一页日历，就像一块伤疤
暗褐色的、凝着血和火的，痛与悲情

那是烧焦的土地的颜色，被刀插入时的沉默
那血已结了痂。你不出声并不代表你无言
你的隐忍比天空还大。你知道那沉默中的爆发
那将是寒冷之刃，是血染之花

我深情地抚摸过你，你有着石头的静穆
你如此高大、冷凉，像一道不可逾越的沟坎儿
你一直横在我的心上。我要越过你
需要积攒多少代的血泪
以及那一腔的号啕

918，你是夹在红的高粱和黄的大豆之间的

一块补丁。你经过了七十年的春夏
依然触目。当我与你迎面相撞时
总有那爆炸声起，沉重的铁轨
把我的心劈成两半。一半沉入了落日
一半浮出沧海。还有什么能够比这还痛?

我试图撕掉这一页，用我曾经写诗的手指
哪怕是我血肉模糊。如果你不是那把刀
我的胸口会满是鲜花
如果你不是那道伤口
孩子的笑脸会更灿烂

然而我无法撕掉这一页，就像我无法
在漫天的炮火中找到立足之地
在孤岛上找到灿然的大陆
连眼泪都是血。这悲惨的一页
填满了多少青丝与白骨
骨头中的坚硬、不腐的眼神

这些数字被刻进了石头，更刻进了灵魂
每个人都该在你的面前，垂下头颅
为那些不屈的心、不灭的魂
唱上一曲悲歌。我唱大风起兮
唱从黑水里耸起的峰峦
也唱云飞扬，唱从白山上飘下的水
一直唱到，泪如泉涌，心潮似海

我要在你的每个字里，打开沧桑
打开那入梦的河山。让伤口止血
让每一根埋下的骨头都长成大树
让我心里的花，开在脸上、枝头
和永远湛蓝的天空下……

## 写给 1931 年，我祖父的兄弟们

锦州成东北义勇军的发祥地，鼎盛时期达到 40 余万人，绿林英雄高鹏振是第一个高举义旗的义士，1932 年 1 月 9 日打了第一个大胜仗——江家屯大捷，震动日本朝野。他们围绕着锦州与日军展开殊死搏斗，为阻击日军进犯华北，赴热河（今辽西）用血肉之躯筑成抗敌的第一道防线，经过长城抗战的血雨腥风之后，几乎全部血洒大地……

这是关于精髓的故事，是我流淌的血脉
在我的家乡辽西，男儿血性
怒发一冲便可刀枪相见
一言不合便可生死两忘
从医巫闾山到努鲁儿虎山
筋骨连着燕山。从饶阳河到大小凌河
血管里汹涌着不屈的泪

1931 年以前，我祖父的兄弟们
大多是闯关东的后代

一路走来淘汰了那些羸弱与怯懦
能走过山海关立住脚跟儿的都是硬汉
他们高大健美、肌肉发达
他们都有一把硬骨头
打猎、酿酒，十足的豪饮
都是好庄稼把式，懂得驾驭、墒情与种植
更懂得疼爱老婆孩子
热炕头上，二两老白干就能打发小日子
却被一群强盗打断……
日本人来了、小鬼子来了
不仅要割走中国的版图
还要侵犯他们的妻女，他们身体的版图

没有二话，他们最先起身上马，举起刀枪
和鲜红的旗帜！说走就走
夜袭、智取、伏击
青纱帐与芦苇荡就是他们的战场
从黑山、盘山、北镇、义县一路向北，
奔向当年的热河，用热泪与热血筑成长城
凌源、北票、朝阳、阜蒙这些我熟知的名字
是他们为中华民族构成的第一道防线

总有人要站出来！我祖父的兄弟们，
曾把禾苗认作儿女
把邻居认作亲戚，
把脚下的土地认作母亲

没有什么利炮能够摧毁他们的家园
没有什么钢铁可以绞杀他们的精神
这群草莽英雄，有着绿林好汉的传统
他们大口吃肉，大碗喝酒
路见不平可以一声怒吼
何况强盗的铁蹄带来了战火
在一些人纷纷退后时杀出来
在一片悲云笼罩中国时杀出来
在亡国亡种的绝境中杀出来——
1931 年，他们接过了这世界的灰
把祖宗的白骨捡起
放在柔软的嘴唇上
他们要把自己当作炸弹杀将出去！

一只日本军靴野蛮快意地踏在东北大地上
发出狞笑，那只贪婪的眼已望见了
那 25 倍于日本列岛的土地
而他们从来就不畏强，不就是一死吗？
辽西男人，不仅有赵尚志
还有刘尚志、王尚志、李尚志
这些弥漫着一股烧酒气味的名字
让我心醉、心碎与心痛
他们用咸味的嘴唇喝下酒
用腥气的刀饮下血，敞开胸膛，
眼里燃着火，来吧，谁要进犯华北
必先从他们的尸体上踩过去！

十万义士，筑成第一道防线
经过正规军在第二道防线
经过古北口、喜峰口
他们几乎全部捐躯，骨殖散落大地
并开出灿然的花来
我呼唤过你们，我的辽西的祖父们
当寂寞的泥土打湿第一声鸟鸣
这寂寞的故乡，被一种伤心的风吹着
没有人再记起他们
记起那一场场搏斗的漆黑
你们饮血就如饮酒，饮我如泉的泪
我无限的痛楚与敬意：
明知不可为而为之——
我的眼睛也染上了他们的颜色
血的颜色。他们怀抱着酒壶和枪
成为我心中永远的神……

## 1933年，聂耳以及一首歌的诞生

1933年2月26日，聂耳随后援会800人来到锦州建平县采访锦州义勇军——骑兵旅迫击炮连长刘凤梧，同时上海慧冲影片公司来战地采访，后拍成了《热河血泪史》一片。当时，刘凤梧掏出随身携带的义勇军誓词歌传单让聂耳眼睛一亮，那就是义勇军进行曲的前身。

东北军退了，日军正在逼近
锦州是雄鸡的咽喉，兵家必争之地
辽西危在旦夕！华北危在旦夕
有担当的锦州人纷纷站出来——
辽西有我，中华有我！
“我三千万民众，决以此满腔热血，
溅于白山黑水之间，
以浇灌中华民族自由之花！
敌氛未靖，誓不生存。”

明知血肉之躯，难挡弹火硝烟
但抗日的烽火从此点燃
田汉文章里所说的“万里长城”就是他们
中国救亡的希望就在他们身上！
1933 年的 2 月，大雪纷飞，天寒地冻
被辽西义勇军的壮举振奋的人们
不远万里，从上海赶来慰问与采访

聂耳是其中的一员。他一副书生模样
一踏上这片热土，热血怎能不沸腾！
他用南方口音高声朗诵：义勇军誓词歌——

“起来，起来吧，不愿当亡国奴的人！
山河碎、家园毁，国家危亡，
留着我们的头颅有何用？

拿起刀枪身前冲!

冒着敌人的枪林弹雨向前冲，

携起手，肩并肩，

豁出命，身前冲!

用我们的身体筑成长城，

前进啊，前进啊，豁出命来向前冲!”

那“满江红”的曲调，在聂耳的提琴里流淌

那一首悲歌，在辽西男儿的胸膛里回荡

唱得聂耳激情迸发。这是民众的力量

胜得过钢铁，最后的胜利必将属于劳苦大众

还有一些绿林好汉，在危亡之时

深知大义所在，这让田汉热泪满盈

他奋笔疾书：起来，不愿做奴隶的人们——

热血的聂耳，拿起笔就拿起了刀枪

他的胸口汹涌着波涛：

在一个个三连音里，

在一个个激越的手势里

找到一个民族奋起跃进的姿态

那一个个音符里，跳跃着一个个名字

像那无言的碑石，一只只愤怒的眼睛

沉积了太厚的屈辱、悲愤和沉重

一旦发出最后的吼声，那就是千里万里

那就是整个中华——排山倒海的精神所在!

# 心律（五首）

李见心

李见心（1968- ） 生于抚顺，现居锦州。中国作家协会会员。现供职于锦州市文联。

## “单调的消沉气息伤害我的心” ①

白雪从天而降

六月的一场大雪

飘在法国北部的上空

每一朵雪花里都藏着一个无畏的伞兵

雪花飘落下来

一朵落在井里，让井旁的野花闭上了眼睛

一朵落在教堂的火堆里

一朵落在敌人的枪口上

但更多的雪还在飘落，落在地就变成

一团维护圣洁的火

为了把天空还给天空

土地还给土地

直到把黑暗统治的国土全覆盖

海水在涨潮

六月六日的一股赤潮

扑向诺曼底的海岸

每一朵浪花里都噙着一名英勇的陆军

浪花在登陆

一排排被礁石击碎了，海水在怒吼、升温

一排被掩体里的火舌吞没了

一排被轰炸机炸飞了

但更多的浪花还在奔涌，前赴后继

一浪高过一浪

为了把大海还给大海

把岸还给岸

直到把罪恶的抵抗全淹没

“单调的消沉气息伤害我的心”

这诗意的密码公开了

奋进的脚步

为了把正义还给正义

自由还给自由

我心依旧

无论在六十年前

还是在六十年后

① “单调的消沉气息伤害我的心”为盟军诺曼底登陆前的密电码。

## 战争

拼的是钢铁和男人的数量

拼的是钢铁和男人的质量

拼的是钢铁和男人的血

拼的是女人和孩子的泪

## 替代

你替代我死了

我替代你活着

危难时刻，你用身躯挡住雷电

撑起一方蓝天

你用死，救了生

你用灵魂，救了爱

如果生的路上很拥挤

你的选择也是一种勇敢

为生者留下更大的空间

你替代我死了

我替代你活着

从今以后，我用肩膀扛起双倍的责任

百倍的信念

你用心，救了信仰

你用爱，救了爱

我知道你并没有死

只是变成蝴蝶飞过来

用花开的姿态唤醒未来

## 远方的战事

远方有人在哭

我的泪也在流淌

远方有人在流血

我的心也在疼痛

远方有人在死去

我的体温也在慢慢消失

远方有人在拯救

我的手也伸到现场

我们都有一个共同的名字：人

我们都有一颗共同的心跳：爱

快快停止吧——那些有野心的人

爱才是我们活着的理由

# 有一些……

有一些词被嘴说多了
已变得庸常
有一些爱被手抚久了
已变得麻木
有一些风景被眼睛揩过了
已失去纯净
有一些人被心淡忘了
已沦为灰尘

有一些人让时间走远了
自己却走回来
有一些风景让风携走了
却并未随风而逝
有一些爱被记忆记住了
已成为记忆本身
有一些词被心镂刻了
已成为心的一部分

有一些石头是废墟
有一些废墟是石头

# 历史的回望（组诗）

贾真

贾真，山西原平人。当代诗人，国家二级作家，中国作家协会会员。

## 平型关回望

北望平绥线，路
仿佛半截溃烂的盲肠
贴旗形膏药处
爬满暗黄色的蛀虫
疯狂者将疯狂当作强大
叫嚣三个月要吞噬中国
祖国在剧痛中战栗

平型关系长城脉络的一个穴位
八路军是点穴疗伤的神医
115 师一剂猛药，千余蛀虫
便葬身早已等待收尸的口袋

首战告捷，铁的事实告诉人们
正义才是最精良的装备
“皇军不可战胜”只是自编的神话
人民将是永远的赢家

诚如毛泽东所言：这是一次最好的动员
星星之火，必将燎原

## 阳明堡火光

标着草绿色太阳徽的战机
轮番往复于空中
所到处都是火光映天死伤遍地
祖国在沉沉的暗夜呻吟

弱者的头上会是强盗的坦途
这是历史告诉我们的教训
但历史同时还告诉我们
强盗的恶行必被正义严惩

78 年前 10 月 19 日夜
闪烁的星星都曾见证
八路军夜袭阳明堡机场
24 架敌机葬身脆弱但属正义的火中

阳明堡的火光
烧掉的岂止是日寇的威风
阳明堡的火光
也为中国的暗夜洒来一丝光明

# 忻口记忆

托孤山——太行的右臂
金山——吕梁的左膀
左膀右臂相挽，挽成
南入太原乃至中原的天然屏障
忻口，就在两山相交的中央

曾经名不见经传的小村
抗战史上却写下辉煌的篇章
一如托孤山与金山的挽臂
国共同仇敌忾，天然屏障上
合筑一道燃着火溅着泪的人墙

八路军、中央军、晋绥军
还有数不清的地方武装
怒火与子弹同时上膛
一起瞄准最该瞄着的方向
让日寇首次领教了中华民族的顽强

# 家庭相册

刘畅

刘畅（1973– ） 诗人、画家。出生于江苏淮安，现居南京。

一

外公，淮安徐扬乡的第一代传教士
日本人来了
外公让孩子们藏起来
他站在教堂院中的木桌前
剥玉米

二

鬼子来到徐扬乡
拆教堂，拆下来的砖头盖炮楼
外婆跪在地上
教堂毁了
鬼子也打败了

三

大舅被掳去当兵后

外婆时常挪着小脚
站在村口
她以为路能将人带回来
“静静”是我加上去的

## 四

抗美援朝战场上的大舅
被飞过来的炮弹碎片炸掉右胳膊
他神经里一排疼的蚂蚁
之后他用左手写字
依然端正

## 五

大舅转业后来到上海
被一个落魄的资本家小姐看上
“我残疾，年龄比你大
别耽误了你”
——美貌总是嫁给荣誉

## 六

小时候时常听爸妈讲起
在家庭相册上，即使黑白照片
军装上的奖章也闪闪发光

直到在他儿子身上黯淡下去

## 七

再回家乡已近古稀

那年我十八岁

我为大舅画油画肖像

大哥和他好像啊

也就是我女儿的大舅

## 八

如果说奖章的用处

就是大舅生命衰弱时

住在荣军疗养院的病床上

舅妈想他可以多活些时间

## 九

一张张翻过

外公、外婆、大舅……的照片

依然没能描绘完整……

一个个碎片提醒淡漠的现在

远不如动荡留下来的记忆

想让我们回头去探寻

# 和平

龚道国

龚道国（1968- ）中国作家协会会员。现居长沙。

青年路老了，抱着常德的老城区
搬运繁杂的面孔，斑驳的旧事
高山街在西，产生过刘海砍樵的故事
爱情的调子散发出鲜辣的风味
汇成小吃的胜地。东侧的纪念碑
满腹绝词，演绎过常德会战的史诗
曾被泥封的牌坊卸去面装
举着天地正气的书写，触碰到早上
新鲜的阳光，声音宁静而飞溢
生命归于不朽的石头。肉体和血液
成就草木的长势。有人来踏青
和影子说话。有人来观光
带着孩子的未来，对接先辈的历史
而历史绝非可以随意吹掉的灰尘
历史有根，植于大地或心灵
再往前数百米，空间比时间更漫长
得把时光削尖，见缝插针
从步行街闪烁的亲密里穿过去
抵达诗墙上的诗。从唐宋的风韵

秦汉的铿锵里穿过去，直至春秋分明

然后现身水星楼，入座春申阁

泡上两千年光景，浓淡都可自定

茶语间，借一河沉水的清亮

瞥见屈原公园的丛林，掩映着人群

缓慢的行色，茂密而幽深

我知道，大地深蕴人间的忧思

因为和平，我们不惧战争

因为幸福，天地归于宁静之心

# 枕着露珠入眠的人

## ——记抗战士兵（外一首）

唐力

唐力（1970– ） 生于重庆，现居北京。诗人，中国作家协会会员。曾获重庆文学奖、首届何其芳诗歌奖、第三届徐志摩诗歌奖。

在石阶边缘，在青草的旁边

透过七十多年的时光

我仿佛看见

一个个枕着露珠入眠的人

一个个用额头上五角星的光辉

对应整个星空的人

也是一个个用年轻的热血

对抗整个黑夜的人

睡在老乡的屋檐下

他们中间，有一位小战士

还是一个孩子，他十四岁的年龄

是另一颗露珠，晶莹剔透

在一部军史中闪耀

而他的睡眠，使一页纸张

获得了持久的梦想

枕着露珠入眠的人

是千千万万个带着红色光芒的人

他们的呼吸，平稳、绵长

有着沉静的力量

他们使大地在身下，不敢

稍有动弹

枕着露珠入眠的人

他们会在晨光中

连成一片，他们的身上的坚韧

也连成了一片，成为朝霞的一部分

但一颗露珠，在时间中留了下来

挂在了我凝望的眼角

## 从声带上出发

——听民歌《拥护八路军》

她站在革命纪念馆的门前

就像站在，现实和历史的结口

血与火结口。她手执一卷

陈旧的纸页，就站在了时光的书册中

她清清嗓子，她一开口，就站在了声带的上面

她要从声带上出发，回到七十多年前的风中

“送给那英勇的八路军”

她终于回到了一条出发的大道边，成为

那些质朴而美丽的女子中的一员

她紧攥了一下纸页，历史有些疼痛——

是她们把柔情，一点点地放在

一粒粒音符里，就像她们曾经瞩望的男儿

把信念放在热血里

她仰头，高亢、明亮的

声音，在阳光中一路追赶金属的光芒

因为她的歌唱，声音有了重量

她让站在声带另一边的我们

也成为告别的人，成为一队为理想和精神

重新出发的人

# 抗日新篇（二首）

龙郁

龙郁（1947－ ） 生于四川华阳，现居成都。中国作家协会会员，曾获《北京文学》奖、四川省文学奖、“金芙蓉”文学奖等。

## 九·一八的警报

九·一八的警报响了
墙上，爷爷的遗像为之一震

这空洞的警报声中
虽然没有硝烟和杀伐之声
记住 1931 年——
枪中的火药就不会受潮
大脑就不会麻痹
否则，银幕上的火光和血腥
会溅上长街。你信不信

这个灾难深重的民族
有太多需要吸取的教训了
只因健忘
才一次又一次地遭受蹂躏
当我们记取一份屈辱

就少一份隐患
如果把所有的耻辱装订成册
就筑起了一道新的长城

不要饱了肚子忘了饿
不要好了伤疤忘了疼
以历史的名义再次拉响警报
天上的亡灵在冥冥中提醒

## 臭蛋

一颗九·一八遗留下的臭蛋
在半世纪后又蠢蠢欲动了
其实，里面的火药从未安心过
军国主义的面孔，锈迹斑斑

是梦见卢沟晓月
或大东亚共荣圈
也许，它又梦回一百二十年前
那场甲午海战……
该不会想再次将太平洋弄出个窟窿来吧
今日的中国，已非从前

一颗九·一八遗留下的臭蛋

卧在那儿，始终是隐患

我们必须用翻动历史们的双手

拆除它的雷管和引线……

# 常德

蓝野

蓝野（1968- ） 原名徐现彬，生于山东莒县。曾获首届泰山文艺奖、诗探索·华文青年诗人奖、《青年文学》年度诗歌奖。中国作家协会会员。

从江边的诗墙
绕过堤岸上的哪个阁子
我忘记了
阁子下方，那一尊光溜坚硬的水泥
就站立在那里
我们被它黑黢黢的样子
被它伤痕累累而又坚定不移的样子
惊吓了

大家停住散漫的步子
突然肃穆地伫立在那里
同这座城市一起回望
1943 年冬天那场血战

原来，诗歌之城
演绎过如此壮烈的战歌
那被弹痕塑造的一尊水泥
昂然而立，是一个战士的模样
是一群战士的模样

# 我要用喜鹊的声音

## ——致杨靖宇（外一首）

刘双红

刘双红（1958－ ） 生于湖南石门。中国散文学会会员、中国诗歌学会会员、湖南省作家协会会员。

该怎样怀念你 该怎样用一只喜鹊的声音怀念你
该怎样 让我匍匐在地 用我最原始的敬爱怀念你
在今日 你的伟岸仍然让我窒息 呼吸如此艰难
就像一条流浪的狗 找不到回家的路
那些皮带 杂草和棉絮 在你的胃里
早已长成大道 参天树林 温暖的世界
你的胃 早已是我们幸福的家园
而我 却仍然在那种震撼里徘徊着 思考着
为什么 那种场景会定格在历史里
注定会成为侵略者们世代的忏悔和噩梦
正义 信念 热爱 尊严 驱逐 歼灭
这些动词 形容词
这些大汉民族的文字
对强盗 是投枪 匕首 炮弹 大刀
对自己 是安睡的抱枕 醉人的醇酒 和平的蜜

我要用喜鹊的声音 告诉祖国的每一寸土地 水滴
树叶 虫子和月光 告诉它们我想起你时的骄傲
告诉它们 你是我高山仰止的先人

我是你的后代 虽有点恨铁不成钢
但我的骨头 会向着钢铁出发
最后融进钢铁 我的灵魂
会接受钢水的洗濯 最终高贵起来
告诉它们 我们是快乐的
因为你和千万战友们的舍身报国
因为你们让盗窃者胆怯 恐惧 望而却步
因为有了民族脊梁的呵护
我们 就有了喜鹊一样的声音

我们是祖国年轻的喜鹊
我们歌颂你 纵使之前已有千万次
对你的歌颂 我还要千万零一次地歌颂你
甚至还要更多 永远
不仅歌颂 还要敬仰 不仅敬仰
还要踏着你的脚印 不仅踏着你的脚印
还要学着你 对自己的民族赤胆忠心
哪怕胃里只剩下皮带 杂草和棉絮
也要把整个的生命 交给祖国

## 《黄河大合唱》的回音

总是听到一种回音 尊严 威仪 强大
总是即便在睡梦里听见 也仍怀无限敬意

总是哪怕生病在床 昏迷 疼痛
输液管稀释我的血液降温我的体热 我也无法不
愿意义无反顾 慷慨赴死
几十年了的痴迷难以自拔 如同
陷入爱情 陷入宗教
陷入一个在热血抛洒的战场
无法停下的复仇

呐喊的回音 炮火的回音 车轮的回音
一群伟人的回音 无数欢呼的回音
从太行山来 从白洋淀来 从芷江来
它们一齐涌来 我无法接受其他任何的杂音
我只听得见这一种
——连同父母 妻儿 山水 桥梁
连同我身边的草地 灌木 云梯 镰刀和火把
他们——无从选择
唯有聆听 加入 融合 汇集
唯有为民族 为祖国 为六万万苦难同胞
拼杀 受伤 流血 捐躯

七十年的回音 永不歇息
与世界碰撞 在天空 黄钟大吕般的回音连连不断
中华的旗帜 贴着回音刮出猎猎雄风
震慑掠夺者 杀人狂 让他们在黄河面前
在《黄河大合唱》的回音面前
肃穆 忏悔 匍匐 长跪不起

回音在高云之上 穷尽浩瀚宇宙

我 我们 炎黄子孙 中华儿女

在回音里长大 成熟 威武 做华夏的守护神

矗立 挺胸 捍卫 用热血和生命

筑起钢铁长城 屹立世界东方

# 我写诗

李成恩

李成恩（1983- ）祖籍安徽，现居北京。中国作家协会会员。

奥斯维辛之后写诗是野蛮的
——泰奥多·阿多诺，德国哲学家
他后来承认他的说法是错误的

如果诗歌能阻挡一辆坦克
如果诗歌能靠近焚化炉
如果诗歌能抓住死人坑里犹太人的手
我就写诗

我在早晨写诗，喝白色的牛奶
保罗·策兰喝黑色的牛奶
写死亡赋格。他的诗里有
忧伤的爱，黑色牛奶的爱

一个暴力的词徘徊在我嘴边
滚回去！我要喝白色的牛奶
我要吐出昨夜的淤泥，历史
像一条大河，在世界某处流
不要让敲门声引来一条大河

大河淹没的嘴唇夜里喊救命
牛奶里的忧伤洗净白色牙齿

如果诗歌能尖叫，我就写诗
如果诗歌能咬破嘴唇，我就写诗

# 我们在太行山上

曾凡华

曾凡华（1947- ） 湖南溆浦人。作家、诗人、编剧。曾任《解放军报》文化部主任，大校军衔。中国诗歌学会副会长、中国报纸副刊研究会会长。现任线装书局总编辑。

一

我们在太行山上
采风　不是打仗
因此　就无须裹上绑腿扛上机枪
在壁立万仞的山间
做大迂回的穿插　攻防
也不必担心日军的炮弹
骤然间在身边炸响
我们只是采风
只需在灵感的关照下
写出或长或短或单薄或凝重的诗行

悠悠岁月之河
流淌了七十年
七十年的距离说短也短说长也长
说长它是一个古稀
将所有的日子梳拢就能挽起白发千丈
说短它是历史一瞬

眨眼之间江山已改红颜已老生死茫茫

所有的征战都已远去

勇士扼守的关山

也风化成历史的碎屑

所有的往事了无痕迹

只是山石犹在

忧戚之心犹在

令长风歌吟不息

荡气回肠

这就是铁蹄踏过　弹雨洗过　鲜血泡过的太行

这就是将士青春生命　理想爱情托付过的太行

二

我们在太行山上

倾听山风的诉说　山泉的演讲

于是　便有了一种痒痒的感受直抵骨髓

一种涩涩的情绪直达眼眶

伤痕累累的太行山石呀

有多少人事在上面磨蹭

于是　我听见山涧里

湍急的历史掀动石头的声音

然而　石头沉默着　山崖也沉默着

沉默得让人窒息
唯有漳河悲怆的水声
发出钢铁般铿锵的喧响
河岸裸壁之上
鹰在盘旋　风在低唱
这会儿的时空感
被拉得很长很长

其实　真正的距离很短很短
几乎一伸手就能触摸到
河中记忆的石子
和思念的水草
那些或悲壮或痛楚或屈辱或感奋的故事
几乎每时每刻都在撞击我的胸膛

三

七十多年前那个四月天
杏花吐红　柳树含烟
山梁上的阳雀也叫得很欢
田里返青的麦苗
从残雪中探出怯生生的头　春情缱绻
日寇　就选择这样一个美丽的日子进山
进山“扫荡”
扫荡人间四月天所有的美与良善

那个四月天的黄昏

日军的铁蹄踏破了武乡县的城门

枪刺上的膏药旗　就那样飘啊飘

煽起兽性的火苗

头盔下的遮挡布　就那样摇啊摇

掀起杀戮的风暴

一夜之间

武乡变作血肉的屠场

直到今天人们还记得那些画面

被轮奸的孕妇那豁开的肚皮

肚皮里挑出的婴儿

还在刺刀尖上动弹

那滚落在地的头颅

西瓜一样的活生生的头颅

仍在咕噜咕噜地冒着血浆

而这时　浊漳河美丽的岸边

艾蒿　仍在痛苦地散发着芬芳

## 四

从此　总有一条沉重的河和一支血腥的歌

伴着白杏花的落英

在四月的武乡流淌　游荡

那些失去双乳的胴体

总在人们的眼前聚焦　回放

于是我明白了
为什么每当电视屏幕
出现日本政要参拜靖国神社的镜头
或在教科书上对“侵略”二字闪烁其词
我的胸口就堵得慌
血压也往上涨
甚至对那些据说是同种同根温文尔雅的面孔
也产生一丝说不出的彷徨

## 五

事实上　1938 年那个春天
早就结痂了
只是在当时
被那个有点骡子脾气的八路军将领骂了句娘
望着那片被鬼子烧得一片狼藉的武乡
他不能不愤怒
不能不做出一个有血性的中国人
应有的抵抗
于是　他和他有着同样农民脸相的总司令一道
拿起那五万分之一的军用地图
把“神头岭”“响堂铺”“长乐”一一圈上

此刻　凛冽的山风嗥号着
宛如一道闪电撕开夜的屏障
原野　沉浸在一种恬淡的风气里

青青的麦浪　从脚下一路喧嚣而去
他们的目光　便随麦浪的起伏推向前方
前方　大山的腹地
有一场恶仗　就要打响

暮色更浓了
低垂的天穹
勾勒出树的图案　人的图案
勾勒出猫腰前进的部队的图案
这些年轻的士兵
正在拔节的年龄
看着他们麦浪般推进的姿态
那个打着灰色绑腿的独眼的师长
与理了平头的小个子政委
相视一笑
于是　顷刻之间血火纷飞枪炮齐鸣
太行山终于让东洋鬼子体验到了
中国人复仇的疯狂

## 六

在这场血可漂橹　尸横遍野的战斗中
独眼的师长　失去了一位爱将
——那位年仅 24 岁的姓叶的团长
他是在接到“迅速脱离战场”的命令
带领最后一个连队回返时头负重伤

当那位同样因负伤一只眼的视力几乎为零的师长

见到担架上已经冰凉的团长

内心在滴血　眼里却流不出泪行

只见他把手里当拐杖用的柳木棍　狠狠往泥地里一插

抱起已没了体温的部下

用四川话呼喊着　成焕成焕　你郎格这样

## 七

若干年之后

那根被独眼师长随意插在土里的柳木棍

竟在一场春雨里　爆出嫩绿的芽

当年同一茬柳树都已相继老去

唯独这棵将军柳仍生意盎然　虬枝横斜

孩子用它削柳哨

老人用它编柳筐

姑娘们喜欢用它扎柳帽

戴着它清清爽爽回娘家

只可惜　斯人已去

留下的　只是当年插柳者

给儿子取的“太行”的名字

以及取名时留下的一段佳话

八

如今　柳树的浓荫
遮护着太行的乡亲
而总司令亲手种的那棵胡杨
也长得郁郁葱葱
人们都爱在树下捡拾树枝
因为枝节上的五星已成为红色旅游的一道风景

尽管砖壁村口的丁香已谢
木海棠尚未着花
可彭老总房前那棵高大的榆树
已经枝繁叶茂一派生机
当年他偶尔听到驻地的百姓
因采不到榆钱发出怨言
便立即向部队下达命令
不许与民争食——在方圆十里之内挖掘野菜

几十年后　他为民请命而落难
罢官赋闲住进京郊的吴家花园
从此　瘦瘦的昆玉河边
又多了一个老人
老人弓着背　默默地走着　走着
身影真有点像屈原——那做过三闾大夫的诗人
然而　屈大夫就是在他发动起义的汨罗江边
向天发问而不得其解

怆然投水　落得尸骨无归
而他自己却从平江举起义旗
奔向井冈山麓又伫马太行山脊
就这样一路走过来又一路走过去
一直走到江西的庐山
最终因自己一纸万言书为民吁请被打成机会主义

也许　屈大夫总在江边行吟
故有如水的情思
而他却常处山中
故有山的刚毅
其实　真理的长河中
奔腾不息的只是良知之水
他　为让百姓走出自然的荒芜
走进人本主义的灵田
宁可将一腔忠贞
抛在井冈抛在太行抛在庐山的绝壁
虽九死其犹未悔
只祈望一生的求索
随着时空流转
铸成艰辛而充实的记忆

## 九

想想那些林林总总的人事
他该无怨无悔

曾作为他左膀右臂英年早逝的左权
就是为掩护战友乡亲牺牲在太行山里
现如今已与巍巍太行融为了一体

还有那位出自黄埔
北伐中救过蒋介石命又差点被蒋介石要了命的
爱开玩笑的陈赓
这位百万军中敢取上将首级的旅长
威风八面却又倜傥不羁
他的那些恶作剧
至今还让人忍俊不禁

那一次日寇“铁壁合围”
粮食已经断顿
姓周的管理员
弄来两个被霜打僵了的南瓜
给饿了两天的他　充饥
他停下地图上的策划
问是从哪里来的
管理员支吾着他却来了气
“你是八路军还是日本人
三大纪律八项注意哪里去了”
旅长的问话不重却很严厉
管理员只好乖乖地抱回南瓜向乡亲赔礼

反“合围”取得了胜利

陈赓亲自开出一片荒地
种上的南瓜瓜蔓儿碧绿碧绿
可就在南瓜将熟未熟的时候
鬼子又开始“扫荡”
头目就是有名的“苦米地”

部队即将转移
管理员请示　南瓜如何处理
陈旅长莞尔一笑　说
在南瓜里做点手脚
让苦米地咪西　咪西

据说后来
鬼子兵果然吃上了陈旅长种的南瓜
只是南瓜里散发出一种难闻的气体
从此鬼子吃屎的笑话
就在太行山广为传递
这种毛茸茸的大叶子的植物
所结出的憨态可掬的南瓜
将东洋鬼子狠狠地耍了一把

## 十

今天　我们走进山里
走进太行山的腹地
翻动山上的每一层岩石

都能读到可歌可泣的故事
烈士们用生命留出的那片空白
本该由我们补写续集
可是　狰狞的战争已扬长而去
留下的纪念章军功章已是斑斑锈迹
尽管我们也拉练我们也野营
现代的篝火与战地的野火毕竟不可同日而语

在南方的丛林
我曾经作为战地记者
亲临过那场不得不为之的无奈的战争
方面军的指挥就是那位从少林寺门打出的将军
跟随他出生入死
心里就多了几分安稳
可现如今那些连硝烟的味道都来不及闻一闻的将军
又如何面对未来的战争

也许　你们会说
刘备那位参谋长
摇着鹅毛扇不也列兵布阵
谈笑间　樯橹灰飞烟灭
不过　那是在舞台做戏
真的打仗可不是儿戏
那是血与血的较量　铁与铁的对峙
更是士兵年轻生命的堆积
倘若你是赵括　只会纸上谈兵

战事一起　百姓怎么放心将儿子交付予你

此刻　我又想起那位身经百战的独臂将军
空空的袖管轻摆　别具一番风仪
他作报告的浏阳话　连我这老乡都听不懂
然而　他的风度他的神采他的魅力
能让人深深地折服
看着他用独臂擦火柴点烟的动作
那样自如　那样潇洒
我的那份敬意便打内心里升起

当年　在太行山顶
他指挥部队狙击敌人
就那样旁若无人地站在旷野里
飞蝗般的子弹在他身边乱窜
他只用独臂那么一扫　说了声“讨厌”
又无动于衷地举起望远镜
继续观察战场的形势
那份镇定　那份自若
对于士兵　该是怎样一种信心

## 十一

我们在王家峪八路军总部
看到独臂将军的那帧照片
已是他在离休之后旧地重游的纪念

那个清明　雨水潇然
许许多多的往事
涌上他的心间
许许多多熟悉而生动的面孔
又一一出现在他眼前

多少年了　都很少记起他们
也许是军国大计也许是琐事纠缠
让他很少有空闲
去想想太行大山里依然贫困的乡亲
去想想当年一口锅里搅马勺的伙伴

眼下　记忆中的山路已被野花覆盖
烈士的坟头也被乱草遮掩
山风　一时理不清他的思绪
那些战死者　逝去者的名字
如溪谷里活蹦乱跳的鱼
怎么也捞不进记忆的网
他久久地站着　在心里默默叨念
请原谅　原谅我在清明才想起你们
才想起你们在世时的英勇与壮烈

是啊　只有在这样的日子
他才能静静地和英烈们处上半天，
想想心事　流流眼泪
然后伸手　在岁月的枝头

摘下一枚青色的浆果
仔细品品它的酸涩
然后再力所能及地掏出一点积蓄
资助老区建一所希望小学

记得那年他还没有下台
老房东从太行赴京
探望他这位已是名声显赫的将军
一天上街　竟迷失在都市的楼群
眼瞧着各式车辆鸣着喇叭从身边穿梭而过
有的司机还不客气地骂一声“傻 X”
回到家里就问将军这是什么意思
让他无法作答只好岔开话题
老房东没住几天就要回去
说是城里车喇叭太闹耳
不如家里老牛的叫声来得亲切

## 十二

每当残宵梦醒时　将军披衣而起
翘望关山　太行的雾岚奔来眼底
浓雾里似有蹄声隐隐传来
像雨打芭蕉　唤起他沉重的记忆
马背上的岁月如流水啊
值得慨叹的是路途的修远和求索的漫漫

而此刻　已是垂暮之年的他
站在苦痛的蒿莱中审视
审视黎明前如晦的风雨
顷刻间仿佛又看见阿房宫延绵三月的燹火
仿佛又听见大泽乡夜狐凄厉的哭泣
思虑有如一叶扁舟
就这样在滔滔长河里浪迹
寻找着久违的岸

其实　历史是用鲜血和鲜花共同论证的定律
谁也无法改写
千秋万代之后到底能留下来什么
须待后人验证
他只是担心　那隐隐的蹄声
该不是一骑红尘　为某一个绝色的女人品一口红荔

好在有纪念碑站在那里
守望着昨天和今天
守望着这个多变的世界
这石头的精灵啊
兀自召集着散失的游魂与放逐的野鬼
论证着牺牲的意义和流血的目的
以便把那些深刻与崇高的东西
铭记在册

## 十三

在这春花照眼的日子
我们上太行采风
如蝴蝶采花　蜜蜂酿蜜
每到一站　每宿一地
总有一种情绪在慢慢堆积
总有一种思想在暗暗结集
待到野风乍起　山峦涌动
再过一个莺飞草长的节气
我们的诗就会扑腾而起
羽化为蝶　酿造成蜜
伴着《八路军军歌》的旋律
轻轻地飞　缓缓地流
围绕着太行山巍巍的主峰
行一个三百六十度的军礼……

# THE SOUND OF THE WORLD

世界声音

70

纪念中国人民抗日战争
暨世界反法西斯战争胜利
70 周年诗选

# 第 3 辑

## 中国格律诗

此辑收 34 位中国诗人的作品

计 40 首格律诗

# 悼戴安澜将军

毛泽东

毛泽东（1893–1976）字润之，湖南湘潭人。马克思列宁主义者，中国无产阶级革命家、政治家、军事家，中国共产党、中国人民解放军和中华人民共和国的主要缔造者和领导人。

外侮需人御，

将军赋采薇。

师称机械化，

勇夺虎罴威。

浴血东瓜守，

驱倭棠吉归。

沙场竟殒命，

壮志也无违。

1942 年 6 月 延安

# 出太行（外一首）

朱德

朱德（1886–1976） 字玉阶，四川仪陇人。抗日战争爆发后，任国民革命军第八路军总指挥。新中国成立后，任中央人民政府副主席、中国人民解放军总司令、中央军委副主席、全国人大常委会委员长等职。1955 年，被授予元帅军衔。

群峰壁立太行头，

天险黄河一望收。

两岸烽烟红似火，

此行当可慰同仇。

选自《延安文艺丛书·诗歌卷》，

湖南人民出版社 1984 年版

# 赠同袍战友

北华收复赖群雄，

猛士如云唱大风。

自信挥戈能退日，

河山依旧战旗红。

1940 年 5 月

# 西安得林老信再次前韵

董必武

董必武（1886–1975） 字洁畬，号璧伍，湖北黄安（今红安）人。中国共产党创始人之一。抗日战争期间，曾在武汉、重庆开展抗日民族统一战线工作。新中国成立后，任最高人民法院院长、中华人民共和国代主席等职。

帝都自古说长安，

气象恢宏有万千。

晨夕满空鸦噪阵，

边城到处虎当关。

北来短札光如电，

东望中原气若山。

高屋建瓴秦地险，

不驱倭寇愧前贤。

1940 年 10 月

# 卫岗初战（外一首）

陈毅

---

陈毅（1901–1972） 字仲弘，四川乐至人。抗日战争期间，历任中央军委新四军分会副书记、新四军第一支队司令员、代军长、军长。新中国成立后，任华东军区司令员、上海市市长、中央军委副主席、国务院副总理兼外交部部长等职。1955年，被授予元帅军衔。

弯弓射日到江南，
终夜喧呼敌胆寒。
镇江城下初遭遇，
脱手斩得小楼兰。

## “七七”五周年感赋

即今抗战艰难日，
累累新坟启我思。
五年碧血翻沧海，
一片丹心照汉旗。
国中忍见儿皇帝，
朝内唯谋萁豆炊。
九仞为山争一篑，
同仇敢与亿民期。

1942年7月

# 忆响堂铺之战①

徐向前

徐向前（1901–1992）原名徐象谦，字子敬，山西五台人。抗日战争期间，任八路军一二九师副师长、第一纵队司令员、晋冀鲁豫军区副司令员、抗日军政大学代理校长。新中国成立后，任解放军总参谋长、国务院副总理兼国防部长、军委副主席等职。1955年，被授予元帅军衔。

巍巍太行起狼烟，

黎涉路隘隐弓弦。

龙腾虎跃杀声震，

狼奔豕突敌胆寒。

扑灭火龙吞残虏，

动地军歌唱凯旋。

弹指一去四十载，

喜看春意在人间。

1985年6月8日

① 1938年3月，八路军一二九师在山西黎城至河北涉县的公路旁伏击，击毁日军180辆军车，毙敌400余名，是为响堂铺之战。

# 忆平型关大捷[①]

聂荣臻

聂荣臻（1899–1992） 四川江津人。抗日战争期间，任八路军一一五师副师长、政委。新中国成立后，任解放军代总参谋长、人民革命军事委员会副主席、国务院副总理兼国防科学技术委员会主任、中央军委副主席等职。1955年，被授予元帅军衔。

集师上寨运良筹，
敢举烽烟解国忧。
潇潇夜雨洗兵马，
殷殷热血固金瓯。
东渡黄河第一线，
威扫敌倭青史留。
常抚皓首忆旧事，
夜眺燕北几春秋。

① 1937年9月23日，八路军一一五师在平型关以南的上寨镇召开全师干部会议，部署作战计划。1937年9月24日，天降大雨，部队冒雨进入伏击位置。

# 满江红·悼左权同志

叶剑英

叶剑英（1897–1986） 原名叶宜伟，字沧白，广东省梅县人。抗日战争期间，任八路军参谋长，在武汉等地参与统战工作。新中国成立后，任广东省人民政府主席兼广州市市长、中南军政委员会副主席、华南军区司令员、中南军区代司令员等职。1955年，被授予元帅军衔。

敌后坚持，捍卫着，自由中国。

试看那，欃枪满地，汉家旗帜。

剩水残山容我主，穿沟破垒标奇迹。

问伊谁百万好男儿，投有北。

崦嵫日，垂垂没；

先击败，希特勒。

会雄师踏上，长白山雪。

风起云飞怀战友，屋梁月落疑颜色。

最伤心，河畔依清漳，埋忠骨。

1942年7月7日

# 风云多变山河愁

马本斋

---

马本斋（1901–1944） 原名马守清，回族，河北沧州献县人。抗日战争时期，组织回民义勇队抗击日本侵略军，后率部参加八路军，转战于冀中平原和冀鲁豫平原。1944 年病逝。

风云多变山河愁，

雁叫霜天又一秋。

男儿空有凌云志，

不尽苍江付东流。

1937 年

# 初上前线

李真

李真（1918−1999） 江西永新人。抗日战争时期，任冀中军区警备旅卫生部部长兼政治委员、晋察冀军区第三军分区卫生部部长。新中国成立后，任中国人民解放军防化学兵部政治委员、工程兵政治委员、总后勤部副政治委员。1955 年，被授予少将军衔。

塞上长风骥泪斜，

黄河怒吼寇侵家。

平沙砾砾连根砥，

朔雪飘飘战齿牙。

易水呜咽无冻意，

桑干夜哭伴寒鸦。

荒村古井人初背，

野火熊熊斗恶蛇。

1937 年

# 大战平型关（二首）

欧阳文

欧阳文（1912–2003） 湖南平江人。抗日战争时期，任山东纵队第五旅政治部主任、胶东军区政治部副主任等职。新中国成立后，任解放军报社总编辑，中国人民解放军军事电信工程学院（今西安电子科技大学）政治委员、院长等职。1955 年，被授予中将军衔。

## 一

九月秋风晋北寒，
平型关下开战端。
天降暴雨全身湿，
地发山洪无处干。
兵伏白崖沟道侧，
将隐密林镜里观。
敌人何时入罗网？
急煞抗日英雄汉。

## 二

远闻车队响声隆，
敌军人马进瓮中。
日寇师团四千众，
陷我罗网万千重。

枪炮声烈震山谷，

贼兵狂呼苦悲恸。

血流成河尸遍野，

皇军美梦一场空。

1937年9月25日

# 遗诗

赵一曼

赵一曼（1905–1936） 四川宜宾人。九·一八事变后，到东北领导工人斗争，后担任东北抗日联军第三军二团政委。1935 年在与日伪军作战受伤后被俘，1936 年牺牲。

誓志为人不为家，

涉江渡海走天涯。

男儿岂有全都好，

女子缘何分外差。

一世忠贞新故国，

满腔热血沃中华。

白山黑水除敌寇，

笑看旌旗红似花。

# 铁道游击队

萧华

萧华（1916-1985）江西兴国人。抗日战争时期，任一一五师兼山东军区政治部主任等职。新中国成立后，任解放军空军政委、总政治部副主任等职。1955年，被授予上将军衔。

神出鬼没铁道旁，

袭敌破路毁沟墙。

深入兽穴斩虎豹，

飞越日车夺械粮。

汪洋大海游击战，

怒火熊熊敌后方。

条条铁轨成绞索，

寇灰满载运东洋。

# “七七”后誓师抗敌

萧克

---

萧克（1907–2008） 字子敬，湖南嘉禾人。抗日战争时期，任八路军一二〇师副师长、冀热察挺进军司令、晋察冀军区副司令等职。新中国成立后，任军训部部长、国防部副部长、军政大学校长、军事学院院长兼政委等。1955年，被授予上将军衔。

炮震卢沟举世惊，

全民抗战铸长城。

挥戈跃马沙场里，

不逐强虏不返兵！

1937年9月

# 请命赴敌后

詹才芳

詹才芳（1907–1992） 湖北黄安（今红安）人。抗日战争时期，任晋察冀军区第三军分区副司令员兼参谋、冀热辽军区副司令员等职。新中国成立后，任湖南军区副司令员兼军长、中南军区公安部队司令员、广州军区副司令员等职。1955 年，被授予中将军衔。

日寇侵华气焰凶，
我磨利剑为屠龙。
谆谆教导言无尽，
絮絮关怀意未穷。
西别陕甘情切切，
东牵冀热怒冲冲。
纵骑飞越三千里，
誓逐豺狼大海中。

1938 年春

# 百代祭忠魂

魏传统

魏传统（1908–1996）四川达州人。抗日战争时期，任八路军政治部宣传科科长等职。新中国成立后，任总政治部秘书长兼宣传部副部长，解放军政治学院政治部副主任，解放军艺术学院副院长兼副政治委员、院长。中国楹联学会首任会长。1955 年，被授予少将军衔。

七七枪声起，

宛平留弹痕。

群狮指日恨，

万众救亡心。

永定添芳草，

卢沟绕翠林。

明时思烈士，

百代祭忠魂。

# 为粤北桂南大捷慰劳军民歌

冯玉祥

冯玉祥（1882–1948） 字焕章，安徽巢县（今巢湖）人。爱国将领。1933年，在张家口组织察哈尔民众抗日同盟军。抗日战争时期，担任第三、第六战区长官。

粤北获胜利，桂南又大捷。
争取主动势，端赖诸英杰。
赴汤蹈火志，光明如日月。
洗我大耻辱，饮彼倭奴血。
官佐有才智，料敌乃真切。
指挥浑若定，倭寇入囊穴。
士兵真忠勇，奋战无休歇。
民人斗敌后，粮尽弹复绝。
杀声震天地，瓮中来捉鳖！
小鬼逃无路，跪倒叫爷爷！
转我强弱势，复我山河色。
或有沙场死，我国之英烈。
或有伤与病，身残心更热。
盼尔伤痊愈，病魔速消灭。
复尔好身躯，披荆斩毒蛇。
民人遭敌扰，愤恨目眦裂。
且忍眼前苦，努力把耻雪。

官兵民一体，精诚大团结。

大难当前日，莫再顾小节。

抗要抗到底，倭寇必败北！

1940年10月17日

# 就义诗

吉鸿昌

吉鸿昌（1895–1934） 字世五，河南扶沟人。爱国将领。1933年，联合冯玉祥等在张家口组织察哈尔民众抗日同盟军，任第二军军长兼北路前敌总指挥。1934年加入中国共产党后，在天津继续进行抗日活动。同年被特务刺伤被捕，后英勇就义。

恨不抗日死，

留作今日羞。

国破尚如此，

我何惜此头。

1934年11月24日

# 还我旧山河

杨虎城

杨虎城（1893—1949） 陕西蒲城人。爱国将领。1936 年，联合张学良发动西安事变。抗日战争爆发后被囚禁，1949 年被害。

西北大风起，

东南战血多。

风吹铁马动，

还我旧山河。

# 挽张自忠将军

张治中

---

张治中（1890–1969） 字文白，安徽巢县（今巢湖市）人。爱国民主人士。1932年，“一·二八”事变时任国民革命军第五军军长，在上海抵抗侵华日军。抗日战争时期，任第九集团军总司令等职。新中国成立后，任西北军政委员会副主席、全国人民代表大会常务委员会副委员长、国防委员会副主席、民革中央副主席等职。

裹革沙场骨尚温，

捐糜顶踵为生存。

黄河浩荡流奇气，

襄水斑斓洒血痕。

风雨中原恢汉土，

衣冠此日认黄孙。

忠贞已是昭千载，

我欲狂歌民族魂。

1940年5月

# 誓言

## —— 一九四二年春养病延安交际处茅屋闻晋西北敌人残酷扫荡有感

续范亭

续范亭（1893–1947） 山西崞县（今原平市）人。爱国将领。早年同盟会会员，参加过山西省的辛亥革命起义。抗日战争期间，任国民党第二战区民族革命战争战地总动员委员会主任委员，后担任山西新军总指挥、晋绥边区行政公署主任和晋绥军区副司令员。1947 年病逝。

城南有茅屋，结构在西坡；
沽酒临北市，汲水下东河。
有时读马列，有时学静坐；
偶尔为诗赋，兴至亦高歌。
室雅何须大，好友不怕多；
我居近大道，远客亦时过。
贤劳勤忧国，同志苦奔波；
五年寇氛炽，岁月感蹉跎。
我亦能驰马，足迹遍汾河；
我亦能杀贼，誓不渡黄河。
中途掉队人，久病奈如何？
三次反扫荡，四年游击战；
粮饷常不足，征衣多补绽。
民众执干戈，战士乏枪弹；
风雨感同舟，军民一起干。
抗日何所恃？忠贞与血汗；
岂爱征尘苦，千古一大难。

气擗千人易，力擒二竖难；

一病几不起，荏苒到延安；

延安如故里，诊疗施百般；

衣食愧饱暖，同志复时看。

五十区区身，早破生死观；

却病如驱敌，胜利需时间。

遥望管涔山[①]，使我恨无端；

多少英雄去，多少英雄还。

---

① 管涔山，在山西宁武县西南。作者以此山象征晋西北根据地，表示无限怀念和感慨之情。

# 为台儿庄战役而作（一首半）[1]

罗芳珪

---

罗芳珪（1907–1938）　湖南衡山（今衡阳市衡东县）人。爱国将领。1934 年任国民革命军第十三军八十九师五二九团团长。1937 年，日军向南口进攻。罗奉命率部扼守阵地，以千余人抵御数万之敌。南口一战，大震军威。1938 年，台儿庄战役中阵亡。

大敌当前局势危，
男儿报国正当时。
沉舟破釜唯拼搏，
纵死沙场志不移。

没有国来哪有家，
凭将碧血染黄沙。
……

1938 年

---

① 第二首诗没有写完，作者便牺牲了。

# “一·二八”战后作

鲁迅

---

鲁迅（1881–1936）　原名周树人，字豫才，浙江绍兴人。中国现代文学的奠基人。拥护中国共产党的抗日民族统一战线的政治主张，并提出了“民族革命战争的大众文学”口号。

战云暂敛残春在，

重炮轻歌两寂然。

我亦无诗送归棹，

但从心底祝平安。

1932年7月11日

# 长歌复短歌

于右任

于右任（1879–1964）陕西三原人。早年加入同盟会，长年在国民政府任职。复旦大学、上海大学、国立西北农林专科学校（今西北农林科技大学）等中国近现代著名高校的创办人。

长歌长，短歌短，
神圣战争方开展。
哥哥后，弟弟前，
争将性命为国捐。
击破胡儿在今年。
短歌短，长歌长，
万世荣名是国殇。
爱吾爱，仇吾仇，
勇者不惧仁不忧。
大家起来卫神州。

1937 年秋

# 遥吊佟麟阁赵登禹两上将（二首）

马叙伦

马叙伦（1885–1970） 字彝初，浙江杭县（今余杭）人。教育家，语言文字专家。九·一八事变后，任北平文化界抗日救国会和华北民众救国联合会主席。新中国成立后，任国家教育部第一任部长。

援绝将军死战场，
旁人漫道姓名香。
黄泉正是伤心地，
不尽云台作国殇。

北门符钥遣谁分，
第一关中敌骑纷。
二十九军无负国，
一朝战死两将军。

1937 年 7 月

# 狼牙山五壮士

邓拓

---

邓拓（1912–1966）原名邓子健，福建闽县人。抗日战争时期，赴晋察冀边区任《抗战报》社长兼主编，后任新华通讯社晋察冀总分社社长等职。新中国成立后，任人民日报社总编辑、社长，全国新闻工作者协会主席等职。

北岳狼牙耸，

边疆血火红。

捐躯全大节，

断后竟奇功。

畴昔农家子，

今朝八路雄。

五人三烈士，

战史壮高风！

1941 年 9 月

# 长亭怨慢·颂抗战将士

叶圣陶

---

叶圣陶（1894–1988）名绍钧，江苏苏州人。作家、教育家、文学出版家和社会活动家。九·一八事变后，参加发起成立“文艺界反帝抗日大联盟”和“文艺界抗敌后援会”。抗日战争期间，主编《国文杂志》《开明少年》。新中国成立后，任教育部副部长兼人民教育出版社社长和总编辑、中央文史研究馆馆长、中华人民共和国全国政协副主席等职。

最前线，炮声含怒。

赳赳桓桓，似潮奔赴。

此役光荣，寻常征战岂其伍。

众心无二，拼血淹、东方虏。

热泪几多腔，保一寸、中华疆土。

艰苦。尽忍饥耐渴，况复弹飞如雨。

伤残死灭，尽都替、国人担负。

未愿任、正义摧颓，又挑上、双肩维护。

问两字英雄，此外伊谁堪付。

1937 年 8 月

# 多情最是卢沟月

老舍

---

老舍（1899–1966） 原名舒庆春，字舍予，北京人。作家。抗日战争期间任中华全国文艺界抗敌协会总务部主任。新中国成立后，获得“人民艺术家”称号。任中国文联副主席、北京市文联主席等。

抗战今开第五年，

男儿志在复幽燕。

金陵纵有降臣表，

铁甲终辉国士天。

斜汉双星休乞巧，

西风万里且争先。

多情最是卢沟月，

犹照英雄血色鲜。

1941 年 重庆

# 浪淘沙·长夜正漫漫（三首）

沈祖棻

沈祖棻（1909-1977）字子苾，浙江海盐人。1942年起，一直在高等学府任教。在古典文学研究和旧体诗词上有着很高的造诣，对中国格律新诗的创建和完善有着重要的影响。

一

长夜正漫漫，风雨添寒。
江南江北又春残。
十载相思忘不得，无限关山。

回首血成川，如此中原。
年年旧燧换新烟。
四海伤心闻野哭，休念家园。

二

千骑压雄关，难觅泥丸。
危楼向晚莫凭阑。
忍看斜阳红尽处，一角江山。

烽火照尊前，未许闲眠。

笙歌梦冷十年间。

肠断鸡鸣风雨夜，空费吟笺。

三

一水隔胡尘，未到朱门。

销金窝里易销春。

灯火楼台歌舞夜，旧曲翻新。

梦语正纷纭，铁骑如云。

新亭对泣更无人。

漫想黄龙成痛饮，整顿乾坤。

# 渝桂道中口占

茅盾

茅盾 (1896−1981) 原名沈德鸿，字雁冰，浙江桐乡人。作家、社会活动家。抗日战争爆发后，积极从事抗日救亡运动。新中国成立后，当选为中国文联副主席和中国作协主席，曾任国家文化部部长。

存亡关头逆流多，

森严文网欲如何？

驱车我走天南道，

万里江山一放歌。

# 八月十日夜电传倭寇乞降，十二日补赋

柳亚子

柳亚子（1887–1958） 江苏吴江人。诗人。抗日战争时期，与宋庆龄、何香凝等从事抗日民主活动。新中国成立后，任中央人民政府委员、全国人大常委会委员。

殷雷爆竹沸渝城，

长夜居然曙色明。

负重农工嗟力竭，

贪天奸幸侈功成。

横流举世吾滋惧，

义战能持国尚荣。

翘首东南新捷报，

江淮子弟盼收京。

1945 年 8 月 12 日 重庆

# 八百壮士

钱小山

钱小山（1906-1991）原名伯威，字任远，号小山，江苏常州人。青年时代致力于教育事业。抗日战争胜利后，任中学校长。新中国成立后，任常州市政协副主席、文联副主席等职。

十月二十六日，我军下令退出闸北。八十八师谢团副晋元、杨营长瑞符，独率领八百壮士，固守苏州河北，据六楼大厦，高揭国旗，预立遗嘱，誓死杀贼。时外援已绝，敌围四合，友邦驻防军，有劝入租界者，则婉谢曰："我等愿死在中华民国国土之内，不愿入租界偷生。"呜呼！忠勇卓绝，无以加矣！敬献此诗，以当生祭。

壮烈直教泣鬼神，
孤危杀敌气嶙峋。
已拼并命埋中土，
不愿偷生托外人。
尝胆廿年终霸越，
拊心三户必亡秦。
森然大义昭青史，
千古英雄吊沪滨。

1937年10月

# 哀望

钱钟书

钱钟书 (1910–1998) 字默存，号槐聚，江苏无锡人。学者、作家。1935 年，赴英国牛津大学学习，后赴法国巴黎大学从事文学研究。1938 年回国后，任西南联大、暨南大学教授等。新中国成立后，任清华大学教授，中国科学院文学研究所研究员、副院长等。

白骨堆山满白城，

败亡鬼哭亦吞声。

熟知重死胜轻死，

纵卜他生惜此生。

身即化灰尚赍恨，

天为积气本无情。

艾芝玉石归同尽，

哀望江南赋不成。

1938 年 欧洲

# 又当投笔

郭沫若

郭沫若（1892–1978）四川乐山人。作家、诗人、历史学家。抗日战争爆发后，组织和团结文化进步人士，积极从事抗日救亡运动。新中国成立后，任中央人民政府委员、中国科学院院长兼哲学社会科学部主任、中日友好协会名誉会长等职。

又当投笔请缨时，
别妇抛雏断藕丝。
去国十年余泪血，
登舟三宿见旌旗。
欣将残骨埋诸夏，
哭吐精诚赋此诗。
四万万人齐蹈厉，
同心同德一戎衣。

1937 年 7 月从日本乘船回国途中

# 送从军青年

黄炎培

---

黄炎培（1878–1965） 字任之，江苏川沙（今上海浦东新区）人。民主革命家、教育家。抗日战争时期，参与筹组中国民主政团同盟，为第一任主席。新中国成立后，任政务院副总理兼轻工业部部长等职。

国运翻新信可为，

同仇义在百何知。

长缨请自三台始，

危厦新看众木支。

空巷鼓笳身是胆，

双江荼火彩为旗。

七年蓄艾宁求得，

受命元戎自此辞。

1944 年 1 月 1 日

上架建议：文学·诗歌

ISBN 978-7-5120-1903-4

9 787512 019034 >

定 价：56.00 元